L'INVASION DE LA MER

COLLECTION HETZEL

(LES VOYAGES EXTRAORDINAIRES)

JULES VERNE

L'Invasion
de la Mer

ILLUSTRATIONS
DE
L. BENETT
ET NOMBREUSES PHOTOGRAPHIES

COLLECTION HETZEL
18, RUE JACOB, PARIS, VIe

Tous droits de traduction et de reproduction réservés.

35834 — PARIS IMPRIMERIE GAUTHIER-VILLARS
55, quai des Grands-Augustins

L'INVASION DE LA MER

I
L'OASIS DE GABÈS.

« Que sais-tu?..
— Je sais ce que j'ai entendu dans le port...

— On parlait du navire qui vient chercher qui emmènera Hadjar?

— Oui, à Tunis, où il sera jugé.

— Et condamné?

— Condamné.

— Allah ne le permettra pas, Sohar! Non! il ne le permettra pas!

— Silence » dit vivement Sohar, en prêtant l'oreille comme s'il percevait un bruit de pas sur le sable.

Sans se relever, il rampa vers l'entrée du marabout abandonné où se tenait cette conversation. Le jour durait encore, mais le soleil ne tarderait pas à disparaître derrière les dunes qui bordent de ce côté le littoral de la Petite-Syrte. Au début de mars, les crépuscules ne sont pas longs sur le trente-quatrième degré de l'hémisphère septentrional. L'astre radieux ne s'y approche pas de l'horizon par une descente oblique, il semble qu'il tombe suivant la verticale comme un corps soumis aux lois de la pesanteur.

Sohar s'arrêta, puis fit quelques pas au delà du seuil calciné par l'ardeur des rayons solaires. Son regard parcourut en un instant la plaine environnante.

Vers le nord, les cimes verdoyantes d'une oasis, qui s'arrondissait à la distance d'un kilomètre et demi. Au sud, l'aire interminable des grèves jaunâtres frangées d'écume au ressac de la marée montante. A l'ouest, un amoncellement de dunes se profilant sur le ciel. A l'est, un large espace de cette mer qui forme le golfe de Gabès et baigne le littoral tunisien en s'infléchissant vers les parages de la Tripolitaine.

La légère brise de l'ouest qui avait rafraîchi l'atmosphère pendant cette journée était tombée avec le soir. Aucun bruit ne vint à l'oreille de Sohar. Il avait cru entendre marcher aux environs de ce cube de vieille maçonnerie blanche, abrité d'un antique palmier, et il reconnut son erreur. Personne, ni du côté des dunes ni

DJEMMA RESTA IMMOBILE A CETTE PLACE. (Page 3.)

du coté de la grève. Il fit le tour du petit monument. Personne et aucunes traces de pas sur le sable, si ce n'est celles que sa mère et lui avaient laissées devant l'entrée du marabout.

A peine s'était-il écoulé une minute depuis la sortie de Sohar, lorsque Djemma parut sur le seuil, inquiète de ne pas voir revenir son fils. Celui-ci, qui tournait alors l'angle du marabout, la rassura d'un geste.

Djemma était une Africaine de race touareg ayant dépassé sa soixantième année, grande, forte, la taille droite, l'attitude énergique. De ses yeux bleus, comme ceux des femmes de même origine, s'échappait un regard dont l'ardeur égalait la fierté. Blanche de peau, elle apparaissait jaune sous la teinture d'ocre qui recouvrait son front et ses joues. Elle était vêtue d'étoffe sombre, un ample haïk de cette laine si abondamment fournie par les troupeaux des Hammâma qui vivent aux alentours des sebkha ou chotts de la basse Tunisie. Un large capuchon recouvrait sa tête, dont l'épaisse chevelure commençait seulement à blanchir.

Djemma resta immobile à cette place jusqu'au moment où son fils vint la rejoindre. Il n'avait rien aperçu de suspect aux environs et le silence n'était troublé que par ce chant plaintif du bou-habibi, le moineau du Djerid, dont plusieurs couples voletaient du côté des dunes.

Djemma et Sohar rentrèrent dans le marabout pour attendre que la nuit leur permît de gagner Gabès sans éveiller l'attention.

L'entretien se continua en ces termes :

« Le navire a quitté la Goulette ?

— Oui, ma mère, et, ce matin, il avait doublé le cap Bon. C'est le croiseur *Chanzy*.

— Il arrivera cette nuit ?

— Cette nuit... à moins qu'il ne relâche à Sfax. Mais il est plus probable qu'il viendra mouiller devant Gabès, où ton fils, mon frère, lui sera livré.

— Hadjar ! Hadjar ! » murmura la vieille mère.

Et, toute frémissante alors de colère et de douleur :

« Mon fils... mon fils ! s'écria-t-elle, ces Roumis le tueront, et je ne le verrai plus... et il ne sera plus là pour entraîner les Touareg à la guerre sainte ! Non... non ! Allah ne le permettra pas... »

Puis, comme si cette crise eût épuisé ses forces, Djemma tomba agenouillée dans l'angle de l'étroite salle et demeura silencieuse.

Sohar était revenu se poster sur le seuil, accoudé au montant de la porte, aussi immobile que s'il eût été de pierre, comme une de ces statues qui ornent parfois l'entrée des marabouts. Aucun bruit inquiétant ne le tira de son immobilité. L'ombre des dunes s'allongeait peu à peu vers l'est, à mesure que le soleil s'abaissait sur l'horizon opposé. A l'orient de la Petite-Syrte se levaient les premières constellations. La mince tranche du disque lunaire, au début de son premier quartier, venait de glisser derrière les extrêmes brumes du couchant. Une nuit tranquille se préparait, obscure aussi, car un rideau de légères vapeurs allait en cacher les étoiles.

Un peu après sept heures, Sohar retourna près de sa mère et lui dit :

« Il est temps.

— Oui, répondit Djemma, et il est temps que Hadjar soit arraché des mains de ces Roumis. Il faut qu'il soit hors de la prison de Gabès avant le lever du soleil. Demain, il serait trop tard.

— Tout est prêt, mère, affirma Sohar. Nos compagnons nous attendent. Ceux de Gabès ont préparé l'évasion. Ceux du Djerid serviront d'escorte à Hadjar, et le jour n'aura pas reparu qu'ils seront loin dans le désert.

— Et moi avec eux, déclara Djemma, car je n'abandonnerai pas mon fils.

— Et moi avec vous, ajouta Sohar. Je n'abandonnerai ni mon frère ni ma mère ! »

Djemma l'attira près d'elle, le pressa dans ses bras. Puis, rajustant le capuchon de son haïk, elle franchit le seuil.

Sohar la précédait de quelques pas, alors que tous deux se dirigeaient vers Gabès. Au lieu de suivre la lisière du littoral, le long du relais d'herbes marines laissées par la dernière marée sur la grève, ils suivaient la base des dunes, espérant être moins aperçus pendant ce trajet d'un kilomètre et demi. Là où était l'oasis, la masse des arbres, presque confondue dans l'ombre croissante, ne se présentait plus que confusément au regard. Aucune lumière ne brillait à travers l'obscurité. Dans ces maisons arabes, dépourvues de fenêtres, le jour ne se prend que sur les cours intérieures, et, lorsque la nuit est venue, aucune clarté ne s'échappe au dehors.

Cependant, un point lumineux ne tarda pas à apparaître au-dessus des contours vaguement entrevus de la ville. Le rayon, assez intense d'ailleurs, devait jaillir de la partie haute de Gabès, peut-être du minaret d'une mosquée, peut-être du château qui la dominait.

Sohar ne s'y trompa pas, et, montrant du doigt cette lueur :

« Le bordj... dit-il.

— Et c'est là, Sohar ?

— Là... qu'ils l'ont enfermé, ma mère ! »

La vieille femme s'était arrêtée. Il semblait que cette lumière eût établi une sorte de communication entre son fils et elle. Assurément, si ce n'était pas du cachot où il devait être emprisonné que partait cette lumière, c'était du moins du fort où Hadjar avait été conduit. Depuis que le redoutable chef était tombé entre les mains des soldats français, Djemma n'avait plus revu son fils, et elle ne le reverrait jamais, à moins que, cette nuit même, il n'échappât par la fuite au sort que lui réservait la justice militaire. Elle restait donc comme immobilisée à cette place, et il fallut que Sohar lui répétât par deux fois :

« Venez, ma mère, venez ! »

Le cheminement continua au pied des dunes qui s'arrondissaient en gagnant l'oasis de Gabès, l'ensemble de bourgades, de maisons, le plus considérable qui occupe la rive continentale de la Petite-Syrte. Sohar se dirigeait vers le groupe que les soldats appellent Coquinville. C'est une agglomération de huttes de bois où réside toute une population de mercantis, ce qui lui a valu ce

L'OUED GABÈS (Photographie du lieutenant Rebut).

nom assez justifié. La bourgade est située près de l'entrée de l'oued, ruisseau qui serpente capricieusement à travers l'oasis sous l'ombrage des palmiers. Là, s'élève le bordj, ou Fort-Neuf, d'où Hadjar ne sortirait que pour être transféré à la prison de Tunis.

C'était de ce bordj que ses compagnons, toutes précautions prises, tous préparatifs faits en vue d'une évasion, espéraient l'enlever cette nuit même. Réunis dans une des huttes de Coquinville, ils y attendaient Djemma et son fils. Mais une extrême prudence s'imposait, et mieux valait ne point être rencontré aux approches de la bourgade.

Et, d'ailleurs, avec quelle inquiétude leurs regards se portaient du côté de la mer ! Ce qu'ils craignaient, c'était l'arrivée, ce soir même, du croiseur, et le transfèrement du prisonnier à bord de ce navire, avant que l'évasion eût pu s'accomplir. Ils cherchaient à voir si quelque feu blanc apparaissait dans le golfe de la Petite-Syrte, à entendre les hennissements de vapeur, les gémissements stridents de sirène qui signalent un bâtiment venant au mouillage. Non, seuls les fanaux des bateaux de pêche se reflétaient dans les eaux tunisiennes, et aucun sifflement ne déchirait l'air.

Il n'était pas huit heures, lorsque Djemma et son fils atteignirent la rive de l'oued. Encore dix minutes et ils seraient au rendez-vous.

À l'instant où tous les deux allaient s'engager sur la rive droite, un homme, tapi derrière les cactus de la berge, se dressa à demi et prononça ce nom :

« Sohar ?
— C'est toi, Ahmet ?
— Oui... et ta mère ?
— Elle me suit.
— Et nous te suivons, dit Djemma.
— Quelles nouvelles ? demanda Sohar.
— Aucune... répondit Ahmet.
— Nos compagnons sont là ?
— Ils vous attendent.
— Personne n'a eu l'éveil au bordj ?
— Personne.
— Hadjar est prêt ?
— Oui.
— Et comment l'a-t-on vu ?
— Par Harrig, mis en liberté ce matin, et qui se trouve maintenant avec les compagnons.

— Allons », dit la vieille femme.

Et tous trois remontèrent la rive de l'oued.

La direction qu'ils suivaient alors ne leur permettait plus d'apercevoir la sombre masse du bordj à travers les épaisses frondaisons. Ce n'est vraiment qu'une vaste palmeraie, cette oasis de Gabès.

Ahmet ne pouvait s'égarer et marchait d'un pas sûr. Il y aurait tout d'abord lieu de traverser Djara qui occupe les deux rives de l'oued. C'est dans ce bourg, autrefois fortifié, qui fut successivement carthaginois, romain, byzantin, arabe, que se tient le principal marché de Gabès. A cette heure, la population ne serait pas rentrée, et peut-être Djemma, son fils auraient-ils quelque peine à passer sans éveiller l'attention. Il est vrai, les rues des oasis tunisiennes n'étaient pas encore éclairées à l'électricité ni même au gaz, et, sauf à la hauteur de quelques cafés, elles seraient plongées dans une obscurité profonde.

Cependant, très prudent, très circonspect, Ahmet ne cessait de dire à Sohar qu'on ne saurait prendre trop de précautions. Il n'était pas impossible que la mère du prisonnier fût connue à Gabès, où sa présence aurait pu provoquer un redoublement de vigilance autour du fort. L'évasion ne présentait déjà que trop de difficultés, bien qu'elle eût été préparée de longue main, et il importait que les gardiens ne fussent point mis en éveil. Aussi Ahmet choisissait-il de préférence les chemins qui conduisaient aux environs du bordj.

Du reste, la partie centrale de l'oasis, pendant cette soirée, ne laissait pas d'être assez animée. C'était un dimanche qui allait finir. Ce dernier jour de la semaine est généralement fêté dans toutes les villes qui possèdent garnison et surtout garnison française, en Afrique comme en Europe. Les soldats obtiennent des permissions, ils s'attablent dans les cafés, ils ne rentrent que tard à la caserne. Les indigènes s'associent à cette animation, principalement dans le quartier des mercantis très mêlés

GABÈS. — QUARTIER EUROPÉEN. — QUARTIER INDIGÈNE.

d'Italiens et de Juifs. Le tumulte se prolonge jusqu'à une heure avancée de la nuit.

Il se pouvait — cela vient d'être dit — que Djemma ne fût pas inconnue des autorités de Gabès. En effet, depuis la capture de son fils, elle s'était plus d'une fois risquée autour du bordj. Risque, assurément, et pour sa liberté et peut-être même pour sa vie. On n'ignorait pas l'influence qu'elle avait eue sur Hadjar, cette influence de la mère, si puissante chez la race touareg. Ne la savait-on pas capable, après l'avoir poussé à la révolte, de provoquer une nouvelle rébellion, soit pour délivrer le prisonnier, soit pour le venger, si le conseil de guerre l'envoyait à la mort? Oui! on devait le craindre, toutes les tribus se dresseraient à sa voix et la suivraient sur le chemin de la guerre sainte. En vain des recherches avaient-elles été entreprises pour s'emparer de sa personne. En vain les expéditions s'étaient-elles multipliées à travers ce pays des sebkha et des chotts. Protégée par le dévouement public, Djemma avait échappé jusqu'ici à toutes les tentatives faites pour capturer la mère après le fils!

Et, pourtant, voici qu'elle était venue au milieu de cette oasis, où tant de dangers la menaçaient. Elle avait voulu se joindre à ses compagnons que l'œuvre de l'évasion réunissait alors à Gabès. Si Hadjar arrivait à déjouer la surveillance de ses gardiens, s'il pouvait franchir les murs du bordj, sa mère reprendrait avec lui la route du marabout, et, à un kilomètre de là, au plus épais d'un bois de palmiers, le fugitif trouverait les chevaux préparés pour sa fuite. Ce serait la liberté reconquise, et, qui sait, quelque nouvelle tentative de soulèvement contre la domination française.

Le cheminement s'était poursuivi dans ces conditions. Au milieu des groupes de Français et d'Arabes qui se rencontraient parfois, nul n'avait pu deviner la mère de Hadjar sous le haïk qui la recouvrait. Du reste, Ahmet s'ingéniait à les avertir, et tous trois se blottissaient en quelque coin obscur, derrière une hutte isolée, sous le couvert des arbres et ils reprenaient leur marche, après que les passants s'étaient éloignés.

Enfin, ils n'étaient plus qu'à trois ou quatre pas du lieu de rendez-vous, lorsqu'un Targui, qui semblait guetter leur passage, se précipita devant eux.

La rue ou plutôt le chemin qui obliquait vers le bordj était désert en ce moment, et, en le suivant pendant quelques minutes, il suffirait de remonter une étroite ruelle latérale pour gagner le gourbi où se rendaient Djemma et ses compagnons.

L'homme avait été droit à Ahmet, puis, joignant le geste à la parole, il l'avait arrêté en disant :

« Ne va pas plus loin.

— Qu'y a-t-il, Horeb ? demanda Ahmet qui venait de reconnaître un des Touareg de sa tribu.

— Nos compagnons ne sont plus au gourbi. »

La vieille mère avait suspendu sa marche et, interrogeant Horeb d'une voix à la fois pleine d'inquiétude et de colère :

« Est-ce que ces chiens de Roumis ont l'éveil ? demanda-t-elle.

— Non, Djemma, répondit Horeb, et les gardiens du bordj n'ont aucun soupçon.

— Alors pourquoi nos compagnons ne sont-ils plus au gourbi ? reprit Djemma.

— Parce que des soldats en permission sont venus y demander à boire, et nous n'avons pas voulu rester avec eux. Il y avait là le sous-officier de spahis Nicol, qui vous connaît, Djemma.

— Oui, murmura celle-ci. Il m'a vue là-bas... dans le douar lorsque mon fils est tombé entre les mains de son capitaine... Ah ! ce capitaine, si jamais !... »

Et ce fut comme un rugissement de fauve qui s'échappa de la poitrine de cette femme, la mère du prisonnier Hadjar !

« Où rejoindre nos compagnons ? demanda Ahmet.

— Venez », répondit Horeb.

Et, prenant la tête, il se glissa à travers une petite palmeraie en direction du fort.

Ce bois, désert à cette heure, ne s'animait que les jours où se tenait le grand marché de Gabès. Il y avait donc probabilité qu'on ne rencontrerait plus personne aux approches du bordj, dans lequel il serait d'ailleurs impossible de pénétrer. De ce que la garnison jouissait des permissions de ce dimanche, il n'aurait pas fallu conclure que le poste de service eût été abandonné.

Est-ce qu'une surveillance plus sévère ne s'imposait pas tant que le rebelle Hadjar serait prisonnier dans le fort, tant qu'il n'aurait pas été transféré à bord du croiseur pour être livré à la justice militaire?

La petite troupe marchait donc sous le couvert des arbres et atteignit la lisière de la palmeraie.

En cet endroit s'agglomeraient une vingtaine de huttes, et quelques lumières filtraient à travers leurs étroites ouvertures. Il n'y avait plus qu'une portée de fusil à franchir pour atteindre le lieu du rendez-vous.

Mais à peine Horeb s'était-il engagé dans une tortueuse ruelle qu'un bruit de pas et de voix le contraignit de s'arrêter. Une douzaine de soldats, des spahis, venaient de leur côté, chantant et criant, sous l'influence de libations peut-être un peu trop prolongées dans les cabarets du voisinage.

Ahmet trouva prudent d'éviter leur rencontre et, pour leur livrer passage, se rejeta avec Djemma, Sohar et Horeb au fond d'un obscur enfoncement non loin de l'école franco-arabe.

Là se creusait un puits dont l'orifice était surmonté d'une armature de bois qui supportait le treuil auquel s'enroulait la chaîne des seaux.

En un instant, tous se furent réfugiés derrière ce puits dont la margelle assez haute les cacherait entièrement.

Le groupe s'avançait, et voici qu'il s'arrêta, et l'un de ces soldats de s'écrier:

« Nom d'un diable ! qu'il fait soif !

— Eh bien, bois ! Voici un puits, lui répondit le maréchal des logis-chef Nicol.

— Quoi ! de l'eau, maréchef ? se récria le brigadier Pistache.

— Invoque Mahomet, peut-être changera-t-il cette eau en vin.

— Ah ! si j'en étais sûr !

— Tu te ferais mahométan ?

— Non, mar chef, non… et d'ailleurs, puisque Allah défend le vin à ses fidèles, jamais il ne consentirait à faire ce miracle-là pour des mécréants.

— Bien raisonné, Pistache, déclara le sous-officier, qui ajouta : En route pour le poste ! »

Mais, au moment où ses soldats allaient le suivre, il les arrêta.

Deux hommes remontaient la rue, et le sous-officier reconnut en eux un capitaine et un lieutenant de son régiment.

« Halte ! commanda-t-il à ses hommes qui portèrent la main à leur chéchia.

« Eh ! fit le capitaine, c'est ce brave Nicol !

— Le capitaine Hardigan ? répondit le maréchef, d'un ton qui dénotait une certaine surprise.

— Moi-même !

— Et nous arrivons à l'instant de Tunis, ajouta le lieutenant Villette.

— En attendant de repartir pour une expédition dont tu seras, Nicol.

— A vos ordres, mon capitaine, répondit le sous-officier, et prêt à vous suivre partout où vous irez.

— Entendu… entendu ! dit le capitaine Hardigan. Et ton vieux frère, comment se porte-t-il ?

— Parfaitement… sur ses quatre jambes que j'ai soin de ne point laisser se rouiller.

— Bien, Nicol ! Et aussi Coupe-à-cœur ? Toujours l'ami du vieux frère ?

— Toujours, mon capitaine, et je ne m'étonnerais point qu'ils fussent jumeaux.

— Ce serait drôle un chien et un cheval! riposta en riant l'officier. Sois tranquille, Nicol, nous ne les séparerons pas, quand on partira!

— Pour sûr, ils en mourraient, mon capitaine. »

À ce moment, une détonation retentit du côté de la mer.

« Qu'est-ce, cela? demanda le lieutenant Villette.

— Probablement le coup de canon du croiseur qui mouille dans le golfe.

— Et qui vient chercher ce coquin de Hadjar, ajouta le sous-officier. Une fameuse capture que vous avez faite là, mon capitaine.

— Tu peux dire que nous avons faite ensemble, reprit le capitaine Hardigan.

— Oui, et aussi le vieux frère, et aussi Coupe-à-cœur », déclara le maréchef.

Puis les deux officiers reprirent leur route en remontant vers le bordj, tandis que le maréchef Nicol et ses hommes redescendaient vers les bas quartiers de Gabès.

II

HADJAR

Les Touareg, de race berbère, habitaient l'Ixham, pays compris entre le Touat, cette vaste oasis saharienne située a cinq cents kilomètres au sud-est du Maroc, Tombouctou au midi, le Niger à l'ouest et le Fezzan à l'est. Mais, à l'époque où se passe cette histoire, ils avaient dû se déplacer vers les régions plus orientales du Sahara. Au commencement du xx° siècle, leurs nombreuses tribus, les unes presque sédentaires, les autres absolument nomades, se rencontraient alors au milieu de ces plaines, plates et sablonneuses, désignées par le nom d'« outtâ » en langue arabe, au Soudan et jusque dans les contrées où le désert algérien confine au désert tunisien.

Or, depuis un certain nombre d'années, après l'abandon des travaux de la mer intérieure dans ce pays de l'Arad, qui s'étend à l'ouest de Gabès, et dont le capitaine Roudaire avait étudié la création, le résident général et le bey de Tunis avaient amené des Touareg à venir se cantonner dans les oasis autour des chotts. On avait conçu l'espoir que, grâce à leurs qualités guerrières, ils deviendraient peut-être comme les gendarmes du désert. Vain espoir, les Imohagh avaient continué à mériter leur sobriquet injurieux de « Touareg », c'est-à-dire « brigands de nuit », sous lequel ils avaient été craints et redoutés dans tout le Soudan, et, au surplus, si la création de la mer Saharienne venait à être reprise, il n'était pas douteux qu'ils ne se missent à la tête des tribus absolument hostiles à l'inondation des chotts.

D'ailleurs, si, ouvertement du moins, le Targui (singulier

de Touareg) faisait le métier de conducteur pour les caravanes, et même de protecteur, pillard par instinct, pirate par nature, sa réputation était trop fâcheusement établie pour ne pas inspirer toute défiance. Est-ce que, voilà bien des années déjà, le major Paing, alors qu'il parcourait ces dangereuses contrées du pays noir, ne risqua pas d'être massacré dans une attaque de ces redoutables indigènes ? En 1881, pendant cette expédition partie de Ouargla sous les ordres du commandant Flatters, ce courageux officier et ses compagnons ne périrent-ils pas à Bir-el-Gharama ? Les autorités militaires de l'Algérie et de la Tunisie devaient se tenir constamment sur la défensive et refouler sans relâche ces tribus qui formaient une population assez nombreuse.

Parmi les tribus touareg, celle des Ahaggar passait justement pour être l'une des plus guerrières. On en retrouvait les principaux chefs dans tous les soulèvements partiels qui rendent si difficile le maintien de l'influence française sur ces longues limites du désert. Le gouverneur de l'Algérie et le résident général de la Tunisie, toujours sur le qui-vive, avaient plus particulièrement à observer la région des chotts ou sebkha. Aussi comprendra-t-on l'importance d'un projet dont l'exécution touchait à son terme, l'invasion de la mer intérieure, qui fait l'objet de ce récit. Ce projet devait nuire singulièrement aux tribus touareg, les priver d'une grande partie de leurs bénéfices en réduisant le trajet des caravanes, et surtout rendre plus rares, en permettant de les réprimer plus facilement, ces agressions qui ajoutaient encore tant de noms à la nécrologie africaine.

C'est à cette tribu des Ahaggar qu'appartenait précisément la famille des Hadjar. Elle comptait parmi les plus influentes. Entreprenant, hardi, impitoyable, le fils de Djemma, avait toujours été signalé comme l'un des plus redoutables chefs de ces bandes dans toute la partie qui s'étend au sud des monts Aurès. Pendant ces dernières années, maintes attaques, soit contre des caravanes, soit contre des détachements isolés, furent conduites

GAFSA. — 1° LA KASBAH. — 2° LES TERMIL. (Photographies du D' Tersen.) (Page 22.)

par lui, et son renom grandit au milieu des tribus qui refluaient
peu à peu vers l'est du Sahara, mot qui s'applique à l'immense

plaine sans végétation de cette portion du continent africain. La rapidité de ses mouvements était déconcertante, et, bien que les autorités eussent donné mission aux chefs militaires de s'emparer à tout prix de sa personne, il avait toujours su dépister les expéditions lancées à sa poursuite. Alors qu'on le signalait aux approches d'une oasis, il apparaissait soudain dans le voisinage d'une autre. A la tête d'une bande de Touareg non moins farouches que leur chef, il battait tout le pays compris entre les chotts algériens et le golfe de la Petite-Syrte. Les kafila n'osaient plus s'engager à travers le désert ou du moins ne s'y risquaient que sous la protection d'une escorte nombreuse. Aussi le trafic si important qui s'effectuait jusque sur les marches de la Tripolitaine souffrait-il beaucoup de cet état de choses.

Et, cependant, les postes militaires ne manquaient point, ni à Nefta, ni à Gafsa, ni à Tozeur, qui est le chef-lieu politique de cette région. Mais les expéditions organisées contre Hadjar et sa bande n'avaient jamais réussi, et l'aventureux guerrier était parvenu à leur échapper jusqu'au jour — quelques semaines avant — où il tomba entre les mains d'un détachement français.

Cette partie de l'Afrique septentrionale avait été le théâtre d'une de ces catastrophes qui ne sont malheureusement pas rares sur le continent noir. On sait avec quelle passion, quel dévouement, quelle intrépidité les explorateurs, depuis tant d'années, les successeurs des Burton, des Speke, des Livingstone, des Stanley, se sont lancés à travers ce vaste champ de découvertes. On les compterait par centaines, et combien s'ajouteront encore à cette liste jusqu'au jour, très éloigné sans doute, où cette troisième partie de l'Ancien Monde aura livré ses derniers secrets! Mais aussi combien de ces expéditions pleines de périls se sont terminées en désastres!

Le plus récent concernait celle d'un courageux Belge, qui s'était aventuré au milieu des régions les moins fréquentées et les moins connues du Touat.

Après avoir organisé une caravane à Constantine, Carl Steinx quitta cette ville en se dirigeant vers le sud. Caravane peu nombreuse, en vérité, un personnel d'une dizaine d'hommes en tout, des Arabes recrutés dans la région. Chevaux et mehariis leur servaient de montures et aussi de bêtes de trait pour les deux chariots qui composaient le matériel de l'expédition.

En premier lieu, Carl Steinx avait gagné Ouargla par Biskra, Tougourt, Negoussia, où il lui fut facile de se ravitailler. En ces villes résidaient d'ailleurs des autorités françaises qui s'empressèrent de venir en aide à cet explorateur.

A Ouargla, il se trouvait pour ainsi dire au cœur du Sahara, sur cette latitude du trente-deuxième parallèle.

Jusqu'alors l'expédition n'avait pas été très éprouvée; des fatigues, et de sérieuses, oui, mais de sérieux dangers, non. Il est vrai, l'influence française se faisait sentir en ces contrées déjà lointaines. Les Touareg, ouvertement du moins, s'y montraient soumis, et les caravanes pouvaient, sans trop de risques, se prêter à tous les besoins du commerce intérieur.

Pendant son séjour à Ouargla, Carl Steinx eut à modifier la composition de son personnel. Quelques-uns des Arabes qui l'accompagnaient se refusèrent à continuer le voyage au delà. Il fallut régler leur compte, et cela ne se fit pas sans difficultés, réclamations insolentes, mauvaises chicanes. Mieux valait se débarrasser de ces gens-là qui montraient une évidente mauvaise volonté et qu'il eût été dangereux de conserver dans l'escorte.

D'autre part, le voyageur n'aurait pu se remettre en route sans avoir remplacé les manquants, et, dans ces conditions, on le conçoit, il n'avait pas le choix. Il crut cependant s'être tiré d'embarras en acceptant les services de plusieurs Touareg, qui s'offrirent, moyennant fortes rémunérations, et s'engagèrent à le suivre jusqu'au terme de son expédition soit à la côte occidentale, soit à la côte orientale du continent africain.

Comment, tout en gardant certaines défiances contre les gens de race touareg, Carl Steinx se fût-il douté qu'il introduisait des traîtres dans sa caravane, que celle-ci était guettée depuis son départ de Biskra par la bande de Hadjar, que ce redoutable chef n'attendait que l'occasion de l'attaquer?.. Et, maintenant, ses partisans mêlés au personnel, acceptés précisément comme guides à travers ces régions inconnues, allaient pouvoir entraîner l'explorateur là où l'attendait Hadjar...

GAFSA. — (Photographie du D' Tersen.) (Page 23.)

C'est ce qui arriva. En quittant Ouargla, la caravane descendit vers le sud, franchit la ligne du Tropique, atteignit le pays des Ahaggar d'où, en obliquant au sud-est, elle comptait se diriger vers le lac Tchad. Mais, à dater du quinzième jour après son départ, on n'eut plus aucune nouvelle ni de Carl Steinx ni de ses compagnons. Que s'était-il passé?.. La kafila avait-elle pu gagner la région du Tchad, et suivait-elle les routes du retour par l'est ou par l'ouest?..

Or, l'expédition de Carl Steinx avait excité le plus vif intérêt parmi les nombreuses Sociétés de Géographie qui s'occupaient plus spécialement des voyages à l'intérieur de l'Afrique. Jusqu'à Ouargla, elles avaient été tenues au courant de l'itinéraire. Pendant une centaine de kilomètres au delà, plusieurs nouvelles parvinrent encore, apportées par les nomades du désert et transmises aux autorités françaises. On pensait donc que, dans

GAFSA. — VUE GÉNÉRALE. (Photographie de M. Brichard.) (Page 23.)

quelques semaines, l'arrivée de Carl Steinx aux environs du lac Tchad se serait effectuée dans des circonstances favorables.

Or, non seulement des semaines, mais des mois s'écoulèrent, et aucune information relative à l'audacieux explorateur belge ne put être recueillie. Des émissaires furent envoyés jusque dans l'extrême sud. Les postes français prêtèrent la main aux recherches qui s'étendirent au delà même en diverses directions. Ces tentatives ne donnèrent aucun résultat, et il y eut lieu de craindre que la caravane n'eût péri tout entière, soit dans une attaque des nomades du Touat, soit par la fatigue ou la maladie, au milieu des immenses solitudes sahariennes.

Le monde des géographes ne savait donc que supposer, et commençait à perdre l'espoir, non seulement de revoir Carl Steinx, mais aussi de recueillir quelque bruit le concernant, lorsque, trois mois plus tard, l'arrivée d'un Arabe à Ouargla vint éclaircir le mystère qui entourait cette malheureuse expédition.

Cet Arabe, qui appartenait précisément au personnel de la caravane, avait pu s'échapper. On sut par lui que les Touareg entrés au service de l'explorateur l'avaient trahi. Carl Steinx, égaré par eux, s'était vu attaquer par une bande de Touareg, qui opérait sous la conduite de ce chef de tribus, Hadjar, déjà célèbre par ces agressions dont plusieurs kafila avaient été victimes. Carl Steinx s'était courageusement défendu avec les fidèles de son escorte. Pendant quarante-huit heures, retranché dans une kouba abandonnée, il avait pu tenir tête aux assaillants. Mais l'infériorité numérique de sa petite troupe ne lui permit pas de résister davantage, et il tomba entre les mains des Touareg, qui le massacrèrent avec ses compagnons.

On comprend quelle émotion provoqua cette nouvelle. Il n'y eut qu'un cri : venger la mort du hardi explorateur, et la venger sur cet impitoyable chef touareg, dont le nom fut voué à l'exécration publique. Et, d'ailleurs, combien d'autres attentats contre les caravanes lui étaient attribués non sans raison ! Aussi les autorités françaises décidèrent-elles d'organiser une expédition pour s'emparer de sa personne, le châtier de tant de crimes, anéantir en même temps la funeste influence qu'il exerçait sur les tribus. On ne l'ignorait pas, ces tribus gagnaient peu à peu vers l'est du continent africain, leur habitat tendait à s'établir dans les régions méridionales de la Tunisie et de la Tripolitaine. Le considérable commerce qui se faisait à travers ces contrées risquerait d'être troublé, détruit même, si l'on ne réduisait pas les Touareg à un état absolu de soumission. Une expédition fut donc ordonnée et le gouverneur général de l'Algérie comme le résident général en Tunisie donnèrent des ordres pour qu'elle reçût appui dans les villes du pays des chotts et des sebkha ou s'etaient établis des postes militaires Ce fut un escadron de spahis, commandé par le capitaine Hardigan, que le Ministre de la Guerre désigna pour cette difficile campagne dont on attendait de si importants résultats

Un detachement d'une soixantaine d'hommes fut amené au port de Sfax par le *Chanzy* Quelques jours après le débarquement, avec ses vivres, ses tentes à dos de chameaux, sous la conduite de guides arabes, il quitta le littoral et prit la direction de l'ouest Il devait trouver à se ravitailler dans les villes et bourgades de l'intérieur, Tozeur, Gafsa et autres, et les oasis ne manquent point dans la région du Djerid

Le capitaine avait sous ses ordres un capitaine en second, deux lieutenants et plusieurs sous-officiers, parmi lesquels le maréchal des logis-chef Nicol

Or, dès l'instant que le marchef faisait partie de l'expédition, c'est que son vieux frère Va-d'l'avant et le fidèle Coupe-a-cœur en étaient aussi

L'expédition, réglant ses étapes avec une régularité qui devait assurer la réussite du voyage, traversa tout le Sahel tunisien Après avoir dépassé Dar el Mehalla et El Quittar, elle vint prendre quarante-huit heures de repos a Gafsa, en pleine région de l'Henmara

Gafsa est batie dans le coude principal que forme l'oued Bayœh Cette ville en occupe une terrasse encadrée de collines auxquelles succede un formidable étage de montagnes à quelques kilomètres de là Entre les diverses cités de la Tunisie méridionale, elle possède le plus grand nombre d'habitants, groupés dans une agglomération de maisons et de cabanes La Kasbah qui la domine, et ou veillaient autrefois des soldats tunisiens, est présentement confiée à la garde de soldats français et indigènes Gafsa se vante aussi d'être un centre lettré et diverses ecoles y fonctionnent au profit des langues arabe et française En même temps, l'industrie y est fort prospere, tissage des étoffes, fabrication des haïks de soie, couvertures et burnous dont la laine est fournie par les nombreux moutons des Hammâmma. On y voit encore les Termil, bassins construits à l'époque romaine, et des sources thermales dont la température va de vingt-neuf à trente-deux degrés centigrades.

Dans cette ville, le capitaine Hardigan obtint des nouvelles plus précises concernant Hadjar : la bande de Touareg avait été signalée aux environs de Ferkane, a cent trente kilomètres dans l'ouest de Gafsa. La distance à parcourir était grande, mais des spahis ne comptent avec la fatigue pas plus qu'avec le danger.

Et, lorsque le détachement apprit ce que ses chefs attendaient de son énergie et de son endurance, il ne demanda qu'à se mettre en route. « D'ailleurs, ainsi que le déclara le maréchef Nicol, j'ai consulté le vieux frère qui est prêt à doubler les étapes s'il le faut ! et Coupe-à-cœur, qui ne demande qu'à prendre les devants ! »

Le capitaine, bien réapprovisionné, partit avec ses hommes. Il fallut d'abord, au sud-ouest de la ville, traverser une forêt qui ne compte pas moins de cent mille palmiers et qui en abrite une seconde uniquement composée d'arbres fruitiers.

Une seule bourgade importante se rencontrait sur ce parcours entre Gafsa et la frontière algéro-tunisienne. C'est Chebika où furent confirmées les informations relatives à la présence du chef touareg. Il opérait alors au très grand dommage des caravanes qui fréquentaient ces extrêmes régions de la province de Constantine, et son dossier, si chargé déjà, s'accroissait sans cesse de nouveaux attentats contre les propriétés et les personnes.

A quelques étapes de là, lorsque le commandant eut franchi la frontière, il fit extrême diligence pour atteindre la bourgade de Negrine, sur les rives de l'oued Sokhna.

La veille de son arrivée, les Touareg avaient été signalés à quelques kilomètres plus à l'ouest, précisément entre Negrine et Ferkane, sur les bords de l'oued Djerich qui coule vers les grands chotts de cette contrée.

L'UN DES LIEUTENANTS SE PRÉCIPITA SUR LUI. (Page 28.)

D'après les renseignements, Hadjar, que sa mère accompagnait, devait avoir une centaine d'hommes, mais, bien que le capitaine Hardigan en eût près de moitié moins, ni ses spahis, ni lui, n'hésiteraient à l'attaquer. La proportion d'un contre deux n'est pas pour effrayer des troupes d'Afrique, et elles se sont souvent battues dans des conditions inférieures.

Ce fut bien ce qui arriva en cette occasion, lorsque le détachement eut atteint les environs de Ferkane. Hadjar avait été prévenu et, sans doute, il ne se souciait pas d'affronter la lutte. N'était-il pas préférable de laisser l'escadron s'engager plus avant dans ce pays difficile des grands chotts, de le harceler par d'incessantes agressions, de faire appel aux Touareg nomades qui parcourent ces régions et qui ne refuseraient point de rejoindre Hadjar, si connu de toutes les tribus touareg? D'autre part, du moment qu'il était tombé sur ses traces, le capitaine Hardigan ne les abandonnerait pas et poursuivrait aussi loin qu'il le faudrait.

En conséquence, Hadjar avait résolu de se dérober et, s'il parvenait à couper la retraite de l'escadron, après avoir recruté de nouveaux partisans, il parviendrait sans doute à anéantir la petite troupe envoyée contre lui. Et ce serait une nouvelle et plus déplorable catastrophe ajoutée à celle de Carl Steinx.

Cependant, le plan de Hadjar fut déjoué, alors que la bande cherchait à remonter le cours de l'oued Sokhna, afin de gagner dans le nord la base du Djebel Cherchar. Un peloton, conduit par le maréchal des logis-chef Nicol, auquel Coupe-à-cœur avait donné l'éveil, se mit en travers de la route. La lutte s'engagea et le reste du détachement ne tarda pas à y prendre part. Coups de carabines et coups de fusils éclatèrent, auxquels se mêlèrent les détonations des revolvers. Il y eut des morts du côté des Touareg et des blessés du côté des spahis. Une moitié des Touareg, forçant l'obstacle, parvint à fuir, mais leur chef n'était pas avec eux.

En effet, à l'instant où Hadjar tentait de rejoindre ses compagnons de toute la vitesse de son cheval, le capitaine Hardigan s'était lancé sur lui de toute la vitesse du sien. En vain Hadjar essaya-t-il de le désarçonner d'un coup de pistolet, la balle ne l'avait point atteint. Mais, sa monture ayant fait un violent écart, Hadjar vida les étriers et tomba. Avant qu'il eût eu le temps de se relever, l'un des lieutenants se précipita sur lui, et, d'autres cavaliers accourant, il fut maintenu en dépit des terribles efforts qu'il fit pour se dégager.

C'est à ce moment que Djemma, qui s'était jetée en avant, fût arrivée jusqu'à son fils, si elle n'avait été retenue par le maréchal des logis-chef Nicol. Il est vrai, une demi-douzaine de Touareg purent la lui arracher et c'est en vain que le brave chien assaillit ceux qui entraînaient la vieille Targui au plus vite.

« Je tenais la louve ! s'écria le maréchef, et la louve m'a filé entre les mains ! Ici, Coupe-à-cœur, ici, répéta-t-il en rappelant l'animal. En tout cas, le louveteau est de bonne prise. »

Hadjar était pris et bien pris, et, si les Touareg ne parvenaient pas à le délivrer avant son arrivée à Gabès, le Djerid serait enfin purgé de l'un de ses plus redoutables malfaiteurs.

La bande l'eût tenté sans aucun doute et Djemma n'aurait pas laissé son fils au pouvoir des Français, si le détachement ne se fût renforcé des soldats réquisitionnés dans les postes militaires de Tozeur et de Gafsa.

L'expédition avait alors rallié le littoral, et le prisonnier était enfermé dans le bordj de Gabès en attendant son transport à Tunis, où il serait déféré à la justice militaire.

Tels sont les événements qui s'étaient passés avant le début de cette histoire. Le capitaine Hardigan, après un court voyage à Tunis, venait de rentrer à Gabès ainsi qu'on l'a vu, et le soir même où le *Chanzy* mouillait dans le golfe de la Petite-Syrte

III

L'ÉVASION

Après le départ des deux officiers, du maréchal des logis-chef et des spahis, Horeb se glissa le long de la margelle du puits, et vint en observer les approches.

Lorsque le bruit des pas se fut éteint, en haut comme en bas du sentier, le Targui fit signe à ses compagnons de le suivre.

Djemma, son fils et Ahmet le rejoignirent aussitôt en remontant une sinueuse ruelle, bordée de vieilles masures inhabitées, qui obliquait vers le bordj.

De ce côté, l'oasis était déserte et rien ne s'y répercutait du tumulte des quartiers plus populeux. Il faisait nuit noire sous l'épais dôme des nuages immobilisés en cette calme atmosphère. C'est à peine si les derniers souffles du large apportaient le murmure du ressac sur les plages du littoral.

Un quart d'heure suffit à Horeb pour gagner le nouveau lieu de rendez-vous, la salle basse d'une sorte de café ou de cabaret tenu par un mercanti levantin. Ce mercanti était dans l'affaire et on pouvait compter sur sa fidélité, assurée par le paiement d'une forte somme, qui serait doublée après la réussite. Son intervention avait été utile en cette occurrence.

Parmi les Touareg réunis en ce cabaret, se trouvait Harrig. C'était un des plus fidèles et des plus audacieux partisans de Hadjar. Quelques jours avant, à propos d'une rixe dans les rues de Gabès, il s'était fait arrêter et enfermer à la prison du bordj. Pendant les heures passées dans la cour commune, il ne lui fut pas difficile d'entrer en communication avec son chef. Quoi de plus naturel que deux hommes de même race fussent attirés l'un vers l'autre? On ignorait que ce Harrig appartînt à la bande de Hadjar. Il avait pu s'échapper, lors de la lutte, et accompagner Djemma dans sa fuite. Puis, revenu à Gabès, conformément au plan convenu avec Sohar et Ahmet, il mit à profit son incarcération pour combiner l'évasion de Hadjar.

Toutefois, il importait qu'il fût libéré avant l'arrivée du croiseur qui devait emmener le chef touareg, et voici que ce navire, signalé à son passage au cap Bon, allait mouiller dans le golfe de Gabès. Donc nécessité que Harrig pût quitter le bordj à temps pour se concerter avec ses compagnons. Il fallait que l'évasion s'accomplît cette nuit, ou, le jour venu, il serait trop tard. Au lever du soleil, Hadjar aurait été transporté à bord du *Chanzy*, et il ne serait plus possible de l'arracher à l'autorité militaire.

C'est dans ces conditions que le mercanti intervint : il connaissait le gardien chef de la prison du bordj. A la suite de la rixe, la peine légère prononcée contre Harrig était achevée depuis la veille, mais Harrig, si impatiemment attendu, n'avait pas été mis en liberté. Avait-il donc encouru une aggravation pour un manquement quelconque au règlement de la prison, ce n'était guère supposable, il fallait savoir à quoi s'en tenir et surtout obtenir que les portes du bordj se fussent ouvertes devant Harrig avant la nuit.

Le mercanti résolut donc de se rendre près du gardien, lequel, pendant ses heures de loisir, venait volontiers s'attabler à son café. Il se mit en route dès le soir et prit le chemin du fort.

Cette démarche près du gardien ne fut pas nécessaire, démarche qui, plus tard, l'évasion accomplie, aurait pu sembler suspecte. Comme le mercanti approchait de la poterne, un homme le croisa sur le chemin.

C'était Harrig qui reconnut le Levantin. Tous deux, seuls alors sur le sentier qui descend du bordj, ils n'avaient à craindre ni d'être vus, ni d'être entendus, ni même d'être épiés ou suivis. Harrig n'était point un prisonnier qui se sauve, mais un prisonnier auquel, sa peine finie, on a rendu la clef des champs.

« Hadjar ? demanda le mercanti tout d'abord.

— Il est prévenu, répondit Harrig.

— Pour cette nuit ?

— Pour cette nuit. Et Sohar, et Ahmet, et Horeb ?

— Ils ne tarderont pas à te rejoindre. »

Dix minutes plus tard, Harrig se rencontrait avec ses compagnons dans la salle basse du café, et, par surcroît de précaution, l'un d'eux se tint au dehors pour surveiller la route.

Ce fut une heure après seulement que la vieille Targui et son fils, conduits par Horeb, entrèrent dans le café, où Harrig les mit au courant de la situation.

Pendant les quelques jours de son incarcération, Harrig avait donc communiqué avec Hadjar. Cela ne pouvait sembler suspect que deux Touareg, enfermés dans la même prison, se fussent mis en rapport l'un avec l'autre. D'ailleurs, le chef touareg devait être prochainement emmené à Tunis, tandis que Harrig serait bientôt relâché.

La première question qui fut posée à ce dernier, lorsque Djemma et ses compagnons arrivèrent chez le mercanti, ce fut Sohar qui la formula en ces termes :

« Et mon frère ?

— Et mon fils ? ajouta la vieille femme.

— Hadjar est averti, répondit Harrig. Au moment où je sortais du bordj, nous avons entendu le coup de canon du *Chanzy*. Hadjar sait qu'il y sera embarqué demain matin, et, cette nuit même, il tentera de s'enfuir.

— S'il tardait de douze heures, dit Ahmet, il ne serait plus temps.

— Et s'il n'y réussissait pas ? murmura Djemma, d'une voix sourde.

— Il réussira, n'hésita point à déclarer Harrig, avec notre aide...

— Et comment?.. » demanda Sohar.

Voici les explications qui furent alors données par Harrig.

La cellule dans laquelle Hadjar passait les nuits occupait un angle du fort, dans la partie de la courtine qui s'élevait du côté de la mer, et dont les eaux du golfe baignaient la base. A cette cellule attenait une étroite cour dont l'accès demeurait libre pour le prisonnier, entre de hautes murailles qui n'auraient pu être franchies.

Dans un coin de cette cour s'ouvrait un passage, sorte d'égout qui aboutissait à l'extérieur de la courtine. Une grille métallique fermait cet égout qui débouchait à une dizaine de pieds au-dessus du niveau de la mer.

Or, Hadjar avait constaté que la grille était en mauvais état et que la rouille rongeait ses barres oxydées par l'air salin. Il ne serait pas difficile de la desceller pendant la nuit qui venait, et de ramper jusqu'à l'orifice extérieur.

Il est vrai, comment s'effectuerait alors l'évasion de Hadjar? En se jetant à la mer lui serait-il possible de gagner la grève la plus proche, après avoir contourné l'angle du bastion?.. Était-il d'âge et de force à se risquer au milieu des courants du golfe qui portaient au large?..

Le chef touareg n'avait pas encore quarante ans. C'était un homme de haute taille, la peau blanche, bronzée par le soleil de feu des zones africaines, maigre, fort, rompu à tous les exercices corporels, destiné à rester longtemps valide, étant donnée la sobriété qui distingue les indigènes de sa race, auxquels grains, figues, dattes, laitages assurent certes une nourriture qui les fait robustes et endurants.

Ce n'était pas sans raison que Hadjar avait acquis une réelle influence sur ces Touareg nomades du Touat et du Sahara, rejetés maintenant vers les chotts de la basse Tunisie. Son audace égalait son intelligence. Ces qualités, il les tenait de sa mère comme tous ces Touareg qui suivent le sang maternel. Parmi eux, en effet, la femme est l'égale de l'homme, si même

HABITATIONS ARABES A GABÈS.   Cliché Soler (Tunis).

elle ne l'emporte. C'est à ce point qu'un fils de père esclave et de femme noble est noble d'origine, et le contraire n'existe pas. Toute l'énergie de Djemma se retrouvait en ses fils, toujours restés près d'elle depuis vingt années de veuvage. Sous son influence, Hadjar avait acquis les qualités d'un apôtre, dont il avait la belle figure à barbe noire, les yeux ardents, l'attitude résolue. Aussi, à sa voix, les tribus l'auraient-elles suivi à travers les immensités du Djerid s'il eût voulu les entraîner contre les étrangers et les pousser à la guerre sainte.

C'était donc un homme dans toute la vigueur de l'âge, mais il n'aurait pu mener à bien sa tentative d'évasion s'il n'eût été aidé du dehors. En effet, il ne suffisait pas d'arriver à l'orifice de l'égout après en avoir forcé la grille. Hadjar connaissait le golfe; il savait qu'il s'y forme des courants de grande violence, bien que les marées y soient faibles, ainsi qu'il en est dans tout le bassin de la Méditerranée; il n'ignorait pas qu'aucun nageur ne peut leur résister, et qu'il serait emporté au large sans avoir pu prendre pied sur une des grèves en amont ou en aval du fort.

Donc, il fallait qu'il trouvât une embarcation à l'extrémité de ce passage dans l'angle de la courtine et du bastion.

Tels furent les renseignements que donna Harrig à ses compagnons.

Lorsqu'il eut achevé, le mercanti se contenta de dire :

« J'ai là-bas un canot à votre disposition…

— Et tu me conduiras?.. demanda Sohar.

— Quand le moment sera venu…

— Tu auras rempli tes conditions… nous remplirons les nôtres, ajouta Harrig, et nous doublerons la somme qu'on t'a promise, si nous réussissons…

— Vous réussirez », affirma le mercanti, qui, en sa qualité de Levantin, ne voyait dans tout cela qu'une affaire dont il espérait retirer de gros bénéfices.

Sohar s'était relevé et dit :

« A quelle heure Hadjar nous attend-il?

— Entre onze heures et minuit, répondit Harrig.

— Le canot sera là bien avant, répliqua Sohar, et, mon frère embarqué, nous le conduirons au marabout, où les chevaux sont prêts.

— Et en cet endroit, observa le mercanti, vous ne risquerez point d'être vus, vous accosterez la grève qui sera déserte jusqu'au matin.

— Mais le canot? fit observer Horeb.

— Il suffira de le tirer sur le sable où je le retrouverai », répondit le mercanti.

Il ne restait plus qu'une question à résoudre.

« Qui de nous ira prendre Hadjar ? demanda Ahmet.

— Moi, répondit Sohar.

— Et je t'accompagnerai, dit la vieille Targui.

— Non, ma mère, non, déclara Sohar. Il suffit que nous soyons deux pour conduire le bateau au bord. En cas de rencontre, votre personne pourrait paraître suspecte. C'est au marabout qu'il faut aller. Horeb et Ahmet s'y rendront avec vous. C'est Harrig et moi, avec le canot, qui ramènerons mon frère. »

Sohar avait raison, Djemma le comprit et dit seulement :

« Quand nous séparons-nous?

— A l'instant, répondit Sohar. Dans une demi-heure vous serez au marabout. Avant une demi-heure, nous serons au pied du fort avec le canot, dans l'angle du bastion où il ne risque pas d'être aperçu. Et, si mon frère ne paraissait pas à l'heure convenue... j'essaierais... oui ! j'essaierais de pénétrer jusqu'à lui.

— Oui, mon fils, oui ! car, s'il n'a pas fui cette nuit, nous ne le reverrons jamais... jamais ! »

Le moment était venu. Horeb et Ahmet prirent les devants, en descendant l'étroite route qui se dirige vers le marché. Djemma les suivait, se dissimulant dans l'ombre lorsque quelque groupe les croisait. Le hasard aurait pu les mettre en présence du maréchal des logis-chef Nicol et il ne fallait pas qu'elle fût reconnue de lui.

Au delà des limites de l'oasis il n'y aurait plus de danger et, à suivre la base des dunes, on ne rencontrerait âme qui vive jusqu'au marabout.

Un peu après, Sohar et Harrig sortirent du cabaret. Ils savaient en quel endroit se trouvait le canot du mercanti et ils préféraient que celui-ci ne les accompagnât point : il aurait pu être aperçu de quelque passant attardé.

Il était environ neuf heures. Sohar et son compagnon remontèrent vers le fort, dont ils longèrent l'enceinte dans la partie orientée vers le sud.

A l'intérieur comme à l'extérieur, le bordj paraissait tranquille et tout tumulte se fût fait entendre au milieu de cette atmosphère si calme que ne traversait pas le moindre souffle, si obscure aussi, car d'épais nuages immobiles et lourds couvraient le ciel d'un horizon à l'autre.

Ce fut seulement à leur arrivée sur la grève que Sohar et Harrig retrouvèrent quelque animation. Des pêcheurs passaient, les uns revenant avec le produit de leur pêche, les autres rejoignant leurs embarcations pour gagner le milieu du golfe. Çà et là des feux piquaient l'ombre et se croisaient en tous sens. A un demi-kilomètre la présence du croiseur *Chanzy* s'indiquait par ses puissants fanaux qui traçaient des traînées lumineuses à la surface de la mer.

Les deux Touareg prirent soin d'éviter les pêcheurs et se dirigèrent vers un môle en construction à l'extrémité du port.

Au pied du môle était amarrée l'embarcation du mercanti. Ainsi qu'il avait été convenu, Harrig, une heure avant, s'était bien assuré qu'elle se trouvait à cette place. Deux avirons s'allongeaient sous les bancs, et il n'y avait plus qu'à embarquer.

Au moment où Harrig allait retirer le grappin, Sohar lui saisit le bras. Deux hommes de la douane en surveillance sur cette partie de la grève s'avançaient de ce côté. Peut-être connaissaient-ils le propriétaire du canot et se fussent-ils étonnés à voir Sohar et son compagnon en prendre possession. Mieux valait ne point éveiller de soupçons et laisser à cette tentative tout le mystère possible. Ces douaniers auraient sans doute demandé à Sohar ce qu'ils voulaient faire d'une embarcation qui ne leur appartenait pas, et, sans attirail de pêche, les deux Touareg n'auraient pu se donner pour des pêcheurs.

Ils remontèrent donc la grève et se blottirent au pied du môle sans avoir été aperçus.

Ils n'y restèrent pas moins d'une grande demi-heure et l'on se figure ce que devait être leur impatience en voyant les préposés s'attarder en cet endroit. Est-ce qu'ils y seraient de faction jusqu'au matin ? Non, et ils s'éloignèrent enfin.

Alors Sohar s'avança sur le sable et, dès que les douaniers se furent perdus au milieu de l'obscurité, il appela son compagnon qui vint le rejoindre.

Le canot fut halé jusqu'à la grève. Harrig s'y embarqua, puis Sohar, déposant le grappin à l'avant, embarqua à son tour.

Aussitôt les deux avirons furent ajustés dans les tolets et, manœuvrés doucement, entraînèrent le canot qui doubla le musoir du môle et longea la base de la courtine baignée par les eaux du golfe.

En un quart d'heure, Harrig et Sohar tournaient l'angle du bastion et s'arrêtaient sous l'orifice de l'égout par lequel Hadjar allait tenter de s'enfuir.

Le chef touareg était seul alors dans la cellule où il devait passer cette dernière nuit. Une heure avant, le gardien l'avait quitté en fermant à gros verrous la porte de cette petite cour sur laquelle s'ouvrait ladite cellule. Hadjar attendait le moment d'agir avec cette extraordinaire patience de l'Arabe si fataliste, et d'ailleurs si maître de lui-même en toutes circonstances. Il avait entendu le coup de canon tiré par le *Chanzy*, il n'ignorait point l'arrivée du croiseur, il savait qu'il y serait embarqué le lendemain et ne reverrait jamais ces régions des sebkha et des chotts, ce pays du Djerid ! Mais, à sa résignation toute musulmane se joignait l'espérance de réussir dans sa tentative. Qu'il parvînt à s'échapper en traversant cet étroit passage, il en était assuré ; mais ses compagnons auraient-ils pu se procurer une embarcation et seraient-ils là, au pied de la muraille?..

Une heure s'écoula. De temps en temps, Hadjar sortait de la cellule, se plaçait à l'entrée de l'égout et prêtait l'oreille. Le bruit d'un canot frôlant la courtine fût distinctement parvenu jusqu'à lui. Mais il n'entendait rien et reprenait sa place où il gardait une immobilité absolue.

Parfois aussi il venait écouter près de la porte de la petite cour, épiant le pas d'un gardien, craignant qu'on ne voulût procéder à son embarquement dès la nuit même ; le silence le plus complet régnait dans l'enceinte du bordj, et, seul, le pas d'une sentinelle placée sur la plate-forme du bastion l'interrompait par instants.

Cependant minuit approchait, et il était convenu avec Harrig qu'une demi-heure avant, Hadjar aurait gagné l'extrémité du passage après en avoir dégagé la grille. Si, à ce moment, l'embarcation se trouvait là, il y embarquerait aussitôt. Si elle n'était pas arrivée, il attendrait jusqu'aux premières lueurs de l'aube, et, qui sait ? ne tenterait-il pas alors de s'enfuir à la nage, au risque d'être entraîné par les courants à travers le golfe de la Petite-Syrte ? Ce serait la dernière, la seule chance qu'il aurait d'échapper à une condamnation capitale.

Hadjar sortit donc s'assurer que personne ne se dirigeait vers la cour, rajusta ses vêtements de manière à les serrer autour de son corps et se glissa dans le passage.

Ce boyau mesurait environ une trentaine de pieds en longueur, et sa largeur était tout juste pour qu'un homme de taille moyenne pût s'y introduire. Hadjar dut en frôler les parois contre lesquelles se déchirèrent quelques plis de son haïk ; mais, en rampant, et au prix de multiples efforts, il atteignit la grille.

Cette grille, on le sait, était en fort mauvais état. Les barreaux ne tenaient pas dans la pierre qui s'effritait sous la main. Il suffit de cinq ou six secousses pour la dégager, et puis, lorsque Hadjar l'eut retournée contre la paroi, le passage fut libre.

Le chef touareg n'avait qu'à ramper pendant deux mètres pour atteindre l'orifice extérieur, et ce fut là le plus pénible, car le boyau se rétrécissait jusqu'à son extrémité. Hadjar y parvint cependant et, là, n'eut pas même besoin d'attendre.

Presque aussitôt, ces mots étaient parvenus à son oreille :

« Nous sommes là, Hadjar. »

Hadjar fit un dernier effort et la partie antérieure de son corps sortit de l'orifice à la hauteur de dix pieds au-dessus des eaux.

Harrig et Sohar se dressèrent vers lui, et, au moment où ils allaient le tirer, un bruit de pas se fit entendre. Ils purent croire que ce bruit venait de la petite cour, qu'un gardien était envoyé près du prisonnier, qu'on voulait procéder à son départ immédiat. Le prisonnier disparu, l'éveil serait donné dans le bordj.

Heureusement, il n'en était rien. La sentinelle, en se promenant près du parapet du donjon, avait fait ce bruit. Peut-être son attention avait-elle été éveillée à l'approche du canot. Mais, de la place que le factionnaire occupait, il ne pouvait l'apercevoir, et, d'ailleurs, cette petite embarcation n'eût pas été visible au milieu de l'obscurité.

Toutefois, il fut nécessaire d'agir avec prudence. Après quelques instants, Sohar et Harrig saisirent Hadjar par les épaules, le dégagèrent peu à peu, et il prit enfin place près d'eux.

D'un coup vigoureux, le canot fut repoussé au large. Il était préférable de ne longer ni les murs du bordj ni la grève, mieux valait remonter le golfe jusqu'à la hauteur du marabout. Il y eut lieu d'éviter, d'ailleurs, plusieurs barques qui sortaient du port ou y rentraient, car cette nuit calme favorisait les pêcheurs. En passant par le travers du *Chanzy*, Hadjar se redressa, et, les bras croisés, lança un long regard de haine. Puis, sans pro-

Il fut nécessaire d'agir avec prudence. (Page 39.)

noncer une parole, il se rassit à l'arrière de l'embarcation.

Une demi-heure après, le débarquement s'effectuait sur le sable ; puis, le canot tiré à sec, le chef touareg et ses deux compagnons se dirigeaient vers le marabout, qu'ils atteignirent sans avoir fait aucune mauvaise rencontre.

Djemma s'était avancée vers son fils, qu'elle pressa dans ses bras, et ne dit que ce mot : « Viens ! »

« Va! » dit Djemma. (Page 42.)

Puis, tournant l'angle du marabout, elle rejoignit Ahmet et Horeb.

Trois chevaux attendaient, prêts à s'élancer sous l'éperon de leurs cavaliers.

Hadjar se mit en selle ; Harrig et Horeb le firent après lui.

« Viens », avait dit Djemma en revoyant son fils, et, cette fois encore, elle ne prononça qu'un seul mot :

« Va », dit-elle, en tendant la main vers les sombres régions du Djerid.

Un moment après, Hadjar, Horeb et Harrig avaient disparu au milieu de l'obscurité.

Jusqu'au matin, la vieille Targui demeura avec Sohar dans le marabout. Elle avait voulu qu'Ahmet retournât à Gabès. L'évasion de son fils était-elle connue?.. La nouvelle se répandait-elle dans l'oasis?.. Les autorités avaient-elles envoyé des détachements à la poursuite du fugitif?.. En quelle direction à travers le Djerid irait-on le chercher?.. Enfin allait-on recommencer contre le chef touareg et ses partisans la campagne qui avait déjà été entreprise, et avait amené sa capture?..

Voilà ce que Djemma tenait tant à savoir avant de reprendre la route vers le pays des chotts. Mais Ahmet ne put rien apprendre, tandis qu'il rôdait aux approches de Gabès. Il s'avança même jusqu'en vue du bordj; il repassa par la maison du mercanti, lequel sut alors que la tentative avait réussi et que, libre enfin, Hadjar courait à travers les solitudes du désert.

D'ailleurs, le mercanti n'avait pas encore entendu dire que cette nouvelle de l'évasion eût été ébruitée, et, assurément, il devait être un des premiers à l'apprendre.

Cependant, les premières lueurs de l'aube ne tarderaient pas à éclaircir l'horizon à l'est du golfe. Ahmet ne voulut pas s'attarder plus longtemps. Il importait que la vieille femme eût quitté le marabout avant le jour, car elle était connue et, à défaut de son fils, elle aurait été de bonne prise.

Ahmet la rejoignit donc lorsque l'obscurité était profonde encore et, guidée par lui, elle reprit le chemin des dunes.

Le lendemain, un des canots du croiseur se rendit au port pour effectuer le transport du prisonnier à bord.

Lorsque le gardien eut ouvert la porte de la cellule occupée par Hadjar, il ne put que signaler la disparition du chef touareg. Dans quelles conditions l'évasion s'était-elle produite, cela ne fut que trop facile à constater, après une recherche à travers cet égout dont la grille était démontée. Hadjar avait-il donc tenté de s'échapper à la nage et, dans ce cas, n'était-il pas probable qu'il eût été entraîné au large par les courants du golfe? Ou bien, une embarcation, amenée par des complices, l'avait-elle transporté sur quelque point du littoral?.

Cela ne put être établi.

C'est en vain, d'ailleurs, que des recherches furent faites aux environs de l'oasis. Aucune trace du fugitif ne put être relevée. Ni les plaines du Djerid, ni les eaux de la Petite-Syrte ne le rendirent vivant ou mort.

IV

LA MER SAHARIENNE.

Après avoir adressé ses sincères compliments à l'assistance qui avait répondu à son appel, après avoir remercié les officiers, les fonctionnaires français et tunisiens qui, avec les notables de Gabès, honoraient l'assemblée de leur présence, M. de Schaller parla comme il suit :

« Il faut en convenir, Messieurs, grâce aux progrès de la science, toute confusion entre l'histoire et la légende tend à devenir de plus en plus impossible. L'une finit par faire justice de l'autre. Celle-ci appartient aux poètes, celle-là appartient aux savants et chacun d'eux possède une clientèle spéciale. Tout en reconnaissant les mérites de la légende, aujourd'hui je suis obligé de la reléguer dans le domaine de l'imagination et d'en revenir aux réalités prouvées par les observations scientifiques. »

La nouvelle salle du Casino de Gabès eût difficilement réuni un public mieux disposé à suivre le conférencier dans ses démonstrations intéressantes. L'auditoire était acquis d'avance au projet dont il allait l'entretenir. Aussi ses paroles furent-elles, dès le début, accueillies par un murmure flatteur. Seuls quelques-uns des indigènes, mêlés à ce public, semblaient garder une réserve prudente. C'est que, en effet, le projet dont M. de Schaller se préparait à faire l'historique n'était point vu d'un bon œil depuis un demi-siècle par les tribus sédentaires ou nomades du Djerid.

« Nous le reconnaîtrons volontiers, reprit M. de Schaller, les anciens étaient gens d'imagination et les historiens ont habilement servi leurs goûts en faisant histoire ce qui n'était que traditions. Ils s'inspiraient dans ces récits d'un souffle purement mythologique.

» N'oubliez pas, Messieurs, ce que racontent Hérodote, Pomponius Mélas et Ptolémée. Le premier, dans son *Histoire des Peuples*, ne parle-t-il pas d'un pays qui s'étend jusqu'au fleuve Triton, lequel se jette dans la baie de ce nom ? Ne raconte-t-il pas comme un épisode du voyage des Argonautes, que le navire de Jason, poussé par la tempête sur les côtes lybiennes, fut rejeté à l'ouest jusqu'à cette baie du Triton, dont on n'apercevait pas la limite occidentale ? Il faudrait donc conclure de ce récit que ladite baie communiquait alors avec la mer. C'est, d'ailleurs, ce que rapporte Scylax dans son *Périple de la Méditerranée*, relativement à ce lac considérable dont les côtes étaient habitées par différents peuples de la Lybie et qui devait occuper l'emplacement actuel des sebkha et des chotts, mais ne se raccordait plus avec la Petite-Syrte que par un étroit canal.

» Après Hérodote, c'est Pomponius Mélas, qui, presque au début de l'ère chrétienne, note encore l'existence de ce grand lac Triton, nommé aussi lac Pallas, dont la communication avec la Petite-Syrte, qui est le golfe de Gabès moderne, a disparu par suite de l'abaissement des eaux dû à leur évaporation.

» Enfin, d'après Ptolémée, le niveau continuant à se déprimer, les eaux se seraient définitivement fixées dans quatre dépressions, lacs Triton et Pallas, lacs de Lybie et des Tortues, qui sont les chotts algériens Melrir et Rharsa, les chotts tunisiens Djerid et Fedjedj, ces derniers souvent réunis sous le nom de sebkha Faraoun.

» Messieurs, il y a à prendre et à laisser, surtout à laisser, dans ces légendes de l'antiquité qui n'ont rien à voir avec la précision et la science contemporaines. Non, le vaisseau de Jason n'a pas été rejeté à travers cette mer intérieure qui n'a jamais communiqué avec la Petite-Syrte, et il n'aurait pu franchir le seuil du littoral qu'à la condition d'être muni des puissantes ailes d'Icare, l'aventureux fils de Dédale! Les observations faites dès la fin du XIXᵉ siècle démontrent péremptoirement qu'une mer saharienne couvrant toute la région des sebkha et des chotts n'a jamais pu exister, puisque sur certains points l'altitude d'une partie de ces dépressions dépasse parfois de quinze à vingt mètres le niveau du golfe de Gabès, principalement pour celles qui sont le plus rapprochées de la côte, et jamais cette mer, au moins pendant les temps historiques, n'aurait eu l'étendue de cent lieues que lui attribuaient des esprits par trop imaginatifs.

» Toutefois, Messieurs, en la réduisant aux dimensions que permet la nature de ces terrains des chotts et des sebkha, il n'était pas impossible de réaliser ce projet d'une mer saharienne qui serait alimentée par les eaux du golfe de Gabès.

» Aussi, tel est le projet que formèrent quelques savants audacieux mais pratiques, dont, après maintes péripéties, l'exécution n'a pu être menée à bonne fin, et c'est son historique que je désire rappeler à vos souvenirs, ainsi que les tentatives vaines et les cruels déboires qui ont duré tant d'années. »

Un mouvement approbatif se fit entendre dans l'auditoire, et, comme le conférencier indiquait de la main une carte à grands points suspendue au mur au-dessus de l'estrade, tous les regards se portèrent de ce côté.

Cette carte comprenait la partie de la Tunisie et de l'Algérie méridionale, traversée par le trente-quatrième parallèle, et qui s'étend depuis le troisième degré de longitude est jusqu'au huitième. Là se dessinaient les grandes dépressions au sud-est de Biskra. C'était d'abord l'ensemble des chotts algériens, d'un niveau inférieur à celui des eaux méditerranéennes, compris sous les dénominations de Melrir, de Grand chott, de chott Asloudje et autres jusqu'à la frontière de la Tunisie. Depuis l'extrémité du chott Melrir, était indiqué le canal qui les raccordait avec la Petite-Syrte.

Au nord, se développaient les plaines parcourues par différentes tribus, au sud, l'immense région des dunes. A leur position exacte figuraient les principales villes et bourgades de la contrée : Gabès, sur le bord de son golfe, La Hammâ, au sud, Limagnes, Softim, Bou-Abdallah et Bechia, sur cette langue de terre qui se prolonge entre le Fedjedj et le Djerid, Seddada, Kri, Tozeur, Nefta, dans l'entre-deux du Djerid et du Rharsa, Chebika au nord et Bir Klebia à l'ouest de ce dernier, enfin Zeribet-Aïn Naga, Tahir Rassou, Miaici, Fagoussa, voisines du chemin de fer transsaharien projeté à l'ouest des chotts algériens.

L'auditoire pouvait donc embrasser sur la carte l'ensemble de ces dépressions, parmi lesquelles le Rharsa et le Melrir, presque entièrement inondables, devaient former la nouvelle mer africaine.

« Mais, reprit M. de Schaller, que la nature eût heureusement disposé les dépressions pour recevoir les eaux de la Petite-Syrte, cela ne pouvait être établi qu'après un travail sérieux de nivellement. Or, dès 1872, pendant une expédition à travers le désert saharien, M. le sénateur d'Oran, Pomel, et l'ingénieur des mines Rocard prétendirent que ce travail ne pourrait être exécuté, étant donnée la constitution des chotts. L'étude fut alors reprise dans des conditions plus sûres, en 1874, par le capitaine d'état-major Roudaire, auquel revient la première idée de cette extraordinaire création. »

Les applaudissements éclatèrent de toutes parts au nom de l'officier français, qui fut acclamé comme il l'avait été maintes fois déjà et comme il devra toujours l'être. A ce nom, d'ailleurs, il convenait d'associer les noms de M. de Freycinet, Président du Conseil des ministres à cette époque, et de M. Ferdinand de Lesseps, qui, plus tard, avaient préconisé cette gigantesque entreprise.

« Messieurs, reprit le conférencier, c'est à cette date éloignée qu'il faut porter la première reconnaissance scientifique de cette région, que bornent au nord les montagnes d'Aurès, à trente kilomètres dans le sud de Biskra. Ce fut, en effet, en 1874 que l'audacieux officier étudia ce projet de mer intérieure, auquel il devait consacrer tant d'efforts. Mais pouvait-il prévoir que nombre d'obstacles surgiraient, dont son énergie ne parviendrait peut-être pas à triompher? Quoi qu'il en soit, notre devoir est de rendre à cet homme de courage et de science l'hommage qui lui est dû. »

Après les premières études faites par le promoteur de cette entreprise, le ministre de l'Instruction publique chargea officiellement le capitaine Roudaire de diverses missions scientifiques qui se rapportaient à la reconnaissance de la région. De très exactes observations géodésiques furent effectuées, qui eurent pour résultat de fixer le relief de cette partie du Djerid.

C'est alors que la légende dut s'effacer devant la réalité : cette région, que l'on disait avoir été une mer autrefois en communication avec la Petite-Syrte, ne s'était jamais trouvée dans ces conditions. En outre, cette dépression du sol, que l'on disait entièrement inondable depuis le seuil de Gabès jusqu'aux extrêmes chotts algériens, ne l'était que dans une portion relativement restreinte. Mais, de ce que la mer saharienne n'aurait pas les dimensions que la croyance populaire lui avait attribuées tout d'abord, il ne ressortait pas que le projet dût être abandonné.

« Dans le principe, Messieurs, dit M. de Schaller, on avait paru croire que cette mer nouvelle pourrait s'étendre sur quinze mille kilomètres carrés. Or, de ce chiffre il a fallu en retrancher cinq mille pour les sebkha tunisiennes, dont le niveau est supérieur à celui de la Méditerranée. En réalité, d'après les évaluations du capitaine Roudaire, c'est à huit mille kilomètres carrés que doit être réduite cette superficie inondable des chotts Rharsa et Melrir, dont l'altitude négative sera à vingt-sept mètres plus bas que la surface du golfe de Gabès. »

M. DE SCHALLER.

Et alors, en promenant sur la carte une baguette qu'il tenait à la main, en détaillant la vue panoramique qui l'accompagnait, M. de Schaller put entraîner son auditoire à travers cette portion de l'ancienne Lybie.

Tout d'abord, dans la région des sebkha, à partir du littoral, les cotes supérieures au niveau de la mer, la plus basse étant de 15 m. 52, la plus haute de 31 m. 45, l'altitude maximum se trouve près du seuil de Gabès. En se dirigeant vers l'ouest, on ne rencontre les premières grandes dépressions que dans la cuvette du chott Rharsa, à deux cent vingt-sept kilomètres de la mer, et sur une longueur de quarante kilomètres. Puis, le sol se relève pendant trente kilomètres, jusqu'au seuil d'Asloudje, pour redescendre ensuite pendant cinquante kilomètres jusqu'au chott Melrir, en grande partie inondable sur une étendue de cinquante-cinq kilomètres. A ce point se croise le degré de longitude 3,40 avec le parallèle, et c'est par quatre cent-deux kilomètres qu'il faut chiffrer la distance entre ce point et le golfe de Gabès.

« Tel fut, Messieurs, reprit M. de Schaller, le travail géodésique accompli dans ces régions. Mais si huit mille kilomètres carrés, par suite de leur cote négative, étaient assurément dans les conditions pour recevoir les eaux du golfe, le percement d'un canal de deux cent vingt-sept kilomètres, étant donnée la nature du sol, ne dépasserait-il pas les forces humaines?.. » Après nombre de sondages, le capitaine Roudaire ne le pensa pas. Il ne s'agissait pas, ainsi qu'il a été dit à cette époque dans un remarquable article de M. Maxime Hélène, de creuser un canal à travers un désert sableux comme à Suez, ou dans des montagnes calcaires comme à Panama et à Corinthe. Ici le terrain est loin d'avoir cette solidité. Ce serait dans une croûte salifère que s'effectuerait le déblaiement, et, grâce à un drainage, le sol serait suffisamment asséché pour les besoins de ce travail. Et, même sur le seuil qui sépare Gabès de la première sebkha, soit une étendue de vingt kilomètres, le pic ne devait rencontrer qu'un banc calcaire profond de trente mètres. Tout le reste du percement se ferait en terrain tendre.

Le conférencier résuma et rappela alors avec une grande précision les avantages qui, d'après Roudaire et ses continuateurs, devaient résulter de cette œuvre gigantesque. En premier lieu, le climat de l'Algérie et de la Tunisie serait amélioré d'une façon notable. Sous l'action des vents du sud, les nuages formes par les vapeurs de la nouvelle mer se résoudraient en pluies bienfaisantes sur toute la région au profit de son rendement agricole. De plus, ces dépressions des sebkha tunisiennes de Djerid et de Fedjedj, des chotts algériens de Rharsa et de Melrir, actuellement marécageuses, s'assainiraient sous la profonde couche des eaux permanentes. Après ces améliorations physiques, quels gains commerciaux ne recueillerait pas cette région transformée par la main de l'homme ? Enfin M. Roudaire faisait à bon droit valoir ces dernières raisons : c'est que la région au sud de l'Aurès et de l'Atlas serait pourvue de voies nouvelles, où la sécurité des caravanes trouverait des conditions plus sérieuses, c'est que le commerce, grâce à une flottille marchande, se développerait dans toute cette contrée dont les dépressions interdisaient jusqu'ici l'accès, c'est que les troupes, mises à même de débarquer au sud de Biskra, assureraient la tranquillité en accroissant l'influence française en cette partie de l'Afrique.

« Et pourtant, reprit le conférencier, bien que ce projet d'une mer intérieure ait été étudié avec un soin scrupuleux, bien que la plus rigoureuse attention eût présidé aux opérations géodésiques, de nombreux contradicteurs voulurent nier les avantages que la région tirerait de ce grand travail. »

Et M. de Schaller reprit un à un les arguments reproduits dans les articles de différents journaux à l'époque où avait commencé une guerre sans merci à l'œuvre du capitaine Roudaire.

Et d'abord, disait-on, telle était la longueur du canal qui conduirait les eaux du golfe de Gabès au chott Rharsa, puis au chott Melrir, telle serait la contenance de la nouvelle mer, soit vingt-huit milliards de mètres cubes, que les dépressions ne pourraient être jamais remplies.

Puis, on a prétendu que, peu à peu, l'eau salée de la mer Saharienne s'infiltrerait à travers le sol des oasis voisines, et, remontant à la surface par un effet naturel de capillarité, détruirait les vastes plantations de dattiers qui sont la richesse du pays.

Puis, des critiques, sérieux cependant, ont assuré que les eaux de la mer n'arriveraient jamais aux dépressions, et qu'elles s'évaporeraient quotidiennement à travers le canal. Or, en Égypte, sous les rayons ardents d'un soleil qui vaut bien celui du Sahara, le lac Menzaleth, que l'on disait devoir être irremplissable, s'est pourtant rempli, bien que la section du canal ne fût alors que de cent mètres.

Puis, l'on a argué de l'impossibilité, ou tout au moins des difficultés coûteuses qu'éprouverait le percement du canal. Mais, vérification faite, il s'est trouvé que le sol, depuis le seuil de Gabès jusqu'aux premières dépressions, était de nature si tendre que la sonde parfois s'y enfonçait toute seule par son propre poids.

Puis, les pronostics les plus fâcheux d'être mis en avant par les détracteurs de l'œuvre :

Les bords des chotts étant très plats, ils ne tarderaient pas à se transformer en marécages, autant de foyers pestilentiels, qui infecteraient encore la région. Les vents dominants, au lieu de souffler du sud ainsi que le prétendaient les auteurs du projet, souffleraient plutôt du nord. Les pluies fournies par l'évaporation de la nouvelle mer, au lieu de retomber sur les campagnes de l'Algérie et de la Tunisie, iraient inutilement se perdre sur les immenses plaines sablonneuses du grand désert.

Ces critiques furent comme le point de départ d'une période néfaste, où se produisirent des événements bien faits pour évoquer l'idée de fatalité, dans ces contrées où le fatalisme règne en maître, — événements qui sont restés gravés dans la mémoire de tous ceux qui ont alors vécu en Tunisie.

Les projets du commandant Roudaire avaient séduit l'imagination des uns et sollicité la passion spéculatrice des autres. M. de Lesseps, un des premiers, avait pris l'affaire à cœur jusqu'au moment où il en fut détourné par le percement de l'isthme de Panama.

Tout cela, si peu que ce fût relativement, ne s'était pas passé sans agir sur les imaginations des indigènes de ces contrées, nomades ou sédentaires, qui voyaient tout le Sud-Algérien au pouvoir des Roumis, et la fin de leur sécurité, de leur fortune hasardeuse et de leur indépendance. L'invasion de la mer dans leurs solitudes, c'en était fait d'une domination archiséculaire. Aussi une agitation sourde se manifestait-elle, parmi les tribus, sous l'empire de l'appréhension d'une atteinte à leurs privilèges, du moins à ceux qu'elles s'octroyaient.

Sur ces entrefaites, le capitaine Roudaire, affaibli, succombait à la déception plutôt qu'à la maladie. Et l'œuvre rêvée par lui dormit longtemps, lorsque, quelques années après le rachat de Panama par les Américains, en 1904, des ingénieurs et des capitalistes étrangers reprirent ses projets et fondèrent une société qui, sous le nom de Compagnie Franco-étrangère, s'organisa pour commencer les travaux et les mener rapidement à bonne fin, pour le bien de la Tunisie et, par contre-coup, de la prospérité algérienne.

D'autant plus que l'idée de pénétration vers le Sahara s'étant imposée à nombre d'esprits, le mouvement dans ce sens, qui se produisait à l'Ouest-Algérien, dans l'Oranie, s'était accentué au fur et à mesure de l'oubli où tombait le projet délaissé de Roudaire. Déjà, le chemin de fer de l'Etat dépassant Beni-Ounif, dans l'oasis de Figuig, et se transformait en tête du Transsaharien.

« Je n'ai pas à entrer, ici, continua M. de Schaller, dans des considérations rétrospectives sur les opérations de cette Compagnie, sur l'énergie qu'elle déploya, et sur les travaux considérables qu'elle entreprit, avec plus de hardiesse que de réflexion. Elle opérait, comme vous le savez, sur un territoire très vaste et le succès ne faisant pas, pour elle, l'ombre d'un doute, la Compagnie se préoccupa de tout, entre autres choses du service forestier auquel elle avait donné pour mission de fixer les dunes, au nord des chotts, en exécutant par des moyens identiques à ceux qui, en France, dans les Landes, avaient été employés pour protéger les côtes, contre le double envahissement de la mer et des sables. C'est-à-dire qu'avant la réalisation de ses projets il lui semblait nécessaire, indispensable même, de mettre les villes existantes ou à fonder, ainsi que les oasis, à l'abri des surprises d'une mer future qui ne serait certainement pas un lac tranquille, et dont il était prudent de se défier d'avance.

» En même temps, tout un système de travaux hydrauliques s'imposait pour l'aménagement des eaux potables des oued et des rhiss. Ne fallait-il pas éviter de blesser les indigènes et dans leurs habitudes et dans leurs intérêts? Le succès était à ce prix. Ne fallait-il pas aussi, non pas creuser, mais installer des ports dont le cabotage, vite organisé, tirerait immédiatement profit?

» Pour ces opérations entamées de tous côtés à la fois, des agglomérations de travailleurs, des villes provisoires s'étaient subitement élevées là où régnait, la veille pour ainsi dire, la solitude à peu près complète. Les nomades, quoique révoltés moralement, étaient contenus par le nombre même des ouvriers. Les ingénieurs se prodiguaient sans réserve et leur science infatigable imposait à cette masse d'hommes qui étaient sous leurs ordres, et qui avaient en eux une confiance illimitée. A ce moment-là le Sud-Tunisien commençait à devenir une véritable ruche humaine, insouciante de l'avenir, et où les spéculateurs de toutes sortes, mercantis, trafiquants, etc., se mettaient en peine d'exploiter les premiers pionniers qui, ne pouvant vivre du pays, étaient obligés de s'en remettre, du soin de leur subsistance, à des fournisseurs venus on ne sait d'où, mais qui se rencontrent toujours partout où se produit cette affluence.

» Et, planant au-dessus de tout cela, de ces nécessités matérielles irréfragables, l'idée d'un danger ambiant, mais invisible; le sentiment d'une menace indéfinie, quelque chose de comparable à la vague angoisse qui précède tous les cataclysmes atmosphériques; et qui troublait une grande foule, entourée en somme par la vaste solitude, une solitude où se devinait quelque chose, on ne savait pas quoi, mais, à coup sûr, quelque chose de mystérieux, dans ces alentours pour ainsi dire sans limites, où ne se voyait pas un être vivant, homme ou bête, et où tout semblait se dérober aux regards aussi bien qu'à l'ouïe des travailleurs.

» Messieurs, l'échec arriva, par suite d'imprévoyance et de faux calculs, et la Compagnie Franco-étrangère fut obligée de déposer son bilan. Depuis lors, les choses sont restées en l'état, et c'est de la reprise possible de cette œuvre interrompue que je me suis proposé de vous entretenir. La Compagnie avait voulu tout mener de front, travaux d'ordres les plus divers, spéculations de tous genres, et beaucoup d'entre vous se souviennent encore du triste jour où elle fut obligée de suspendre ses payements sans avoir pu achever son trop vaste programme. Les cartes que je vous indiquais tout à l'heure vous montrent les travaux amorcés par la Compagnie Franco-étrangère.

» Mais ces travaux inachevés existent, le climat africain, essentiellement conservateur, ne les a certainement pas entamés, ou plutôt gravement avariés, et rien de plus légitime, pour une société nouvelle, notre Société de la Mer Saharienne, que de les utiliser pour le bien et le succès de notre entreprise, suivant une indemnité à débattre, d'après l'état dans lequel nous les aurons trouvés. Seulement il est indispensable de les connaître *de visu* de savoir le parti qu'on en pourra tirer. Aussi, c'est pour cela que je me propose de les inspecter sérieusement, d'abord seul, puis, plus tard, en compagnie de savants ingénieurs, et toujours sous la protection d'une escorte suffisante pour assurer la sécurité des postes et chantiers établis récemment ou à établir, comme la nôtre pendant la durée d'un trajet que, soyez-en sûrs, nous abrégerons autant que possible.

» Ce n'est pas que mes appréhensions soient graves du côté des indigènes, malgré la complication due au cantonnement de quelques partis de Touareg sur les territoires du sud, événement qui aura peut-être son bon côté — Les Bédouins du désert n'ont-ils pas été de bons collaborateurs lors du percement de l'isthme de Suez ? — Pour le moment ils semblent donc tranquilles, mais gardent l'œil ouvert, et il ne faudrait pas trop se fier à leur apparente inertie. Avec un soldat brave et expérimenté comme le capitaine Hardigan, sûr des hommes qu'il commande, et très au courant des mœurs et coutumes des bizarres habitants de ces contrées, croyez-moi, nous n'aurons rien à craindre. Au retour nous vous communiquerons des observations absolument précises, et nous établirons, avec une stricte exactitude, le devis de l'achèvement de l'entreprise. De la sorte vous pourrez vous associer à la gloire et, j'ose le dire, au bénéfice d'une entreprise grandiose, aussi heureuse que patriotique, condamnée dans ses débuts, mais que, grâce à vous, nous réalisons, pour l'honneur et la prospérité de la patrie qui nous aidera et qui, comme déjà dans le Sud-Oranais, saura faire, des tribus encore hostiles, les gardiens les plus fidèles et les plus sûrs de notre incomparable conquête sur la nature.

» Messieurs, vous savez qui je suis, et vous savez aussi quelles forces j'apporte à cette grande œuvre, forces financières et forces intellectuelles dont l'union étroite a raison de tous les obstacles. Nous réussirons, groupés autour de la Société nouvelle, je vous le garantis, là où ont échoué nos devanciers, moins bien armés que nous, et c'est ce que j'ai tenu à vous dire avant mon départ pour le sud. Avec une entière confiance dans le succès et une constante énergie, dont vous ne doutez pas, le reste ira de soi et c'est ainsi que, cent ans après que le drapeau français fut planté sur la kasbah d'Alger, nous verrons notre flottille française évoluer sur la mer Saharienne et ravitailler nos postes du désert. »

V

LA CARAVANE

Après le retour de l'expédition projetée, ainsi que l'avait annoncé M. de Schaller à la réunion du casino, les travaux seraient repris avec ordre et énergie et les eaux du golfe seraient enfin introduites à travers le nouveau canal par le percement du seuil de Gabès. Mais, auparavant, il était indispensable de vérifier sur place tout ce qui restait des anciens travaux et, pour cela, il avait paru bon de parcourir toute cette partie du Djerid, de suivre le tracé du premier canal jusqu'à son débouché dans le chott Rharsa, le tracé du second jusqu'à son débouché du chott Rharsa dans le chott Melrir à travers les chotts de moindre importance qui les séparent, puis de faire le tour de ce dernier après jonction avec une colonne de travailleurs embauchés à Biskra, et de fixer l'emplacement des divers ports de la mer Saharienne.

Pour la mise en valeur des deux millions cinq cent mille hectares de terres concédés par l'État à la Compagnie Franco-étrangère et pour le rachat éventuel des travaux effectués par cette Compagnie, ainsi que de ce qui restait à pied d'œuvre du matériel important, une puissante société s'était créée sous la direction d'un Conseil d'administration dont le siège était à Paris. Le public semblait faire bon accueil aux actions et obligations émises par la nouvelle société. La Bourse les tenait à un cours élevé que justifiaient les succès financiers obtenus dans de grandes affaires et dans des travaux publics des plus utiles par ceux qui étaient à sa tête.

L'avenir de cette œuvre, l'une des plus considérables du milieu du vingtième siècle, paraissait donc être assuré sous tous les rapports.

L'ingénieur en chef de la nouvelle société était précisément ce conférencier qui venait de faire l'historique des premiers travaux exécutés avant lui. L'expédition, projetée pour une reconnaissance de l'état actuel de ces travaux, devait être conduite par lui.

M. de Schaller, âgé de quarante ans, était un homme de moyenne taille, tête forte ou plutôt tête carrée pour employer l'expression vulgaire, les cheveux coupés en brosse, les moustaches jaune roux, la bouche pincée à lèvres minces, les yeux vifs, le regard d'une extrême fixité. Ses épaules larges, ses membres robustes, sa poitrine arrondie où les poumons fonctionnaient à l'aise comme une machine à haute pression dans une vaste salle bien aérée, indiquaient une constitution des plus solides. Au moral, cet ingénieur n'était pas moins bien « établi » qu'au physique. Sorti en bon rang de Centrale, ses premiers travaux avaient appelé l'attention sur lui, et ce fut d'un pas rapide qu'il suivit le chemin de la fortune. Jamais, d'ailleurs, mentalité ne fut plus positive que la sienne. Esprit réfléchi, méthodique, mathématique, si l'on veut bien admettre cette épithète, il ne se laissait prendre à aucune illusion ; bonnes chances et mauvaises chances d'une situation ou d'une affaire, il calculait tout avec une précision « poussée jusqu'à la dixième décimale », disait-on de lui. Il chiffrait tout, il enfermait tout dans des équations, et si jamais le sens imaginatif fut refusé à un être humain, c'est bien à l'homme-chiffre, à l'homme-algèbre qui était chargé de mener à bon terme les si importants travaux de la mer Saharienne.

Au surplus, du moment que M. de Schaller, après avoir froidement et minutieusement étudié le projet du capitaine Roudaire, l'avait déclaré exécutable, c'est qu'il l'était, et il n'était pas douteux que, sous sa direction, il n'y aurait aucun mécompte soit dans sa partie matérielle, soit dans sa partie financière. « Puisque Schaller en est, répétaient volontiers ceux qui connaissaient l'ingénieur, l'affaire ne peut qu'être bonne ! » et tout permettait d'assurer qu'ils ne se trompaient pas.

M. de Schaller avait voulu suivre le périmètre de la future mer, constater que rien n'arrêterait le passage des eaux à travers le premier canal jusqu'au Rharsa, et le second jusqu'au Melrir, vérifier l'état des berges et des rivages qui contiendraient cette masse liquide de vingt-huit milliards de tonnes.

Comme le cadre de ses futurs collaborateurs devait comprendre aussi bien des éléments provenant de l'ancienne Compagnie que des ingénieurs ou entrepreneurs nouveaux dont plusieurs et des plus importants ne pouvaient se trouver dès cette époque à Gabès, l'ingénieur en chef, pour éviter tout conflit ultérieur d'attributions, avait pris le parti de n'emmener avec lui aucun membre du personnel encore incomplet de la Société.

Mais un domestique, un valet de chambre, ou plutôt un « brosseur », car il eût justifié cette qualification, s'il avait été civil, ou mieux encore celle d' « ordonnance », l'accompagnait. Ponctuel, méthodique, pour ainsi dire « militarisé », quoiqu'il n'eût jamais servi, M. François était bien l'homme qui convenait à son maître. Doué d'une bonne santé, il supportait sans se plaindre les plus grandes fatigues et elles ne lui avaient pas été épargnées depuis dix ans qu'il servait l'ingénieur. Il parlait peu, mais, s'il économisait les paroles, c'était au profit des pensées. Un homme réfléchi s'il en fut et que M. de Schaller estimait, comme un parfait instrument de précision. Il était sobre, il était discret, il était propre, il n'aurait pas laissé passer vingt-quatre heures sans s'être rasé, ne portant ni favoris, ni moustaches, et jamais, même dans les circonstances les plus difficiles, il n'avait négligé cette opération quotidienne.

Il va de soi que l'expédition, organisée par l'ingénieur en chef de la Société française de la mer Saharienne, ne s'accomplirait pas sans que des précautions eussent été prises. A s'aventurer seuls, son domestique et lui, à travers le Djerid, M. de Schaller eût montré une réelle imprudence. On le sait, les communications n'étaient plus très sûres, même pour les caravanes, dans cette contrée que parcouraient incessamment les nomades, et cela malgré les anciens établissements de la Compagnie mal ou point gardés, en somme très disséminés, et les quelques postes de sûreté qui avaient été établis autrefois ayant été retirés depuis de longues années. Comment eût-on oublié les agressions de Hadjar et de sa bande, et, précisément, ce redoutable chef, après avoir été capturé et incarcéré, venait de s'enfuir avant que la juste condamnation qui l'attendait en eût débarrassé le pays. Qu'il voulût reprendre le cours de ses brigandages, cela n'était que trop à prévoir.

D'ailleurs, les circonstances devaient le favoriser actuellement. Il s'en fallait de beaucoup que les Arabes du sud de l'Algérie et de la Tunisie et encore plus les sédentaires ou les nomades du Djerid eussent accepté sans protestation la mise à exécution du projet du capitaine Roudaire. Elle entraînait l'anéantissement de plusieurs oasis du Rharsa et du Melrir. Que les propriétaires eussent été indemnisés, soit, mais, en somme, d'une manière peu avantageuse à leur gré. Assurément, certains intérêts avaient été lésés, et ces propriétaires ressentaient une haine profonde à la pensée que leurs fertiles touals allaient bientôt disparaître sous les eaux venues de la Petite-Syrte. Et, maintenant, parmi les peuplades que ce nouvel état de choses devait gêner dans leurs habitudes, il fallait compter de plus les Touareg toujours disposés à reprendre leur vie d'aventures, de détrousseurs de caravanes, que deviendraient-ils, lorsque les routes manqueraient entre les sebkha et les chotts, alors que le commerce ne s'effectuerait plus par ces kafila qui depuis un temps immémorial parcouraient le desert vers Biskra, Touggourt ou Gabès? Ce serait une flottille de goelettes, de chebels, de tartanes, de bricks et de trois-mâts, voiliers et vapeurs, et aussi toute une baharia ou marine indigène, qui transporterait les marchandises dans le sud des montagnes de l'Aurès Et comment les Touareg songeraient-ils à les attaquer? Ce serait la ruine à bref delai des tribus vivant de pirateries et de pillages

On comprendra donc qu'une sourde fermentation regnât parmi cette population speciale Ses imans l'excitaient à la revolte Plusieurs fois, les ouvriers arabes employés au percement du canal furent assaillis par des bandes surexcitees, et il fallut les protéger en appelant les troupes algériennes

« De quel droit, prêchaient les marabouts, ces étrangers veulent-ils changer en mer nos oasis et nos plaines? Ce que la nature a fait, pourquoi prétendent-ils le defaire? La Mediterranée n'est-elle pas assez vaste, pour qu'ils tentent d'y ajouter l'etendue de nos chotts! Que les Roumi y naviguent tant qu'ils voudront, si tel est leur bon plaisir, nous, nous sommes des gens de terre et le Djerid est destiné au parcours des kafila et non des navires! Il faut avoir aneanti ces étrangers avant qu'ils aient noyé le pays qui nous appartient, le pays de nos ancêtres, par l'invasion de la mer! »

Cette agitation toujours croissante avait eu sa part dans la ruine de la Compagnie Franco-etrangere, puis, avec le temps, elle avait semblé s'apaiser à la suite de l'abandon des travaux, mais l'invasion du desert par la mer etait restée comme une hantise dans l'esprit des populations du Djerid Soigneusement entretenue par les Touareg depuis leur cantonnement au sud de l'Arad, comme par les Hadjis ou pelerins revenus de La Mecque et qui attribuaient volontiers au percement du canal de Suez la perte de l'independance de leurs coreligionnaires d'Egypte, elle continuait à être pour tous une préoccupation qui ne s'accordait guère avec le fatalisme musulman Ces installations abandonnées avec leur matériel fantastique d'énormes dragues aux leviers extraordinaires ayant l'apparence de bras monstrueux, d'excavateurs que l'on a, a juste raison, comparés a de gigantesques pieuvres terrestres, jouaient un role fabuleux dans les recits des improvisateurs du pays, dont la race a toujours été si friande depuis les contes des *Mille et une Nuits*, et les autres productions des innombrables conteurs arabes, persans ou turcs

Ces récits maintenaient dans l'esprit des indigenes l'obsession de l'invasion de la mer en ravivant les souvenirs des anciens

Or, on ne s'étonnera pas que plus d'une fois, avant son arrestation, Hadjar se fût mêlé avec ses partisans à diverses agressions a l'epoque ou nous sommes parvenus

Cette expedition de l'ingenieur allait donc s'effectuer sous la protection d'une escorte de spahis Elle serait sous les ordres du capitaine Hardigan et du lieutenant Villette, et il eût été difficile de faire un meilleur choix que celui de ces deux officiers, qui, connaissant le Sud et ayant mené a bonne fin la dure campagne contre Hadjar et sa bande, devaient étudier les mesures de securite à prendre pour l'avenir

Le capitaine Hardigan était dans toute la force de l'âge — trente-deux ans à peine —, intelligent, audacieux, mais d'une audace qui n'excluait point la prudence, tres accoutume aux rigueurs de ce climat africain, et d'une endurance dont il avait donné d'incontestables preuves pendant ses diverses campagnes C'etait l'officier dans la plus complete acception du terme, militaire d'âme, ne voyant d'autre metier en ce monde que celui de soldat D'ailleurs, célibataire, et même sans proches parents, il n'avait que son regiment pour famille, ses camarades pour freres On faisait plus que l'estimer au regiment, on l'aimait, et quant a ses hommes, autant par affection que par reconnaissance, ils se fussent devoues pour lui jusqu'au sacrifice Il pouvait tout attendre d'eux, car il pouvait tout leur demander

En ce qui concerne le lieutenant Villette, il suffira de dire que, brave comme son capitaine, énergique et résolu comme lui, et comme lui infatigable et excellent cavalier, il avait déjà fait ses preuves en de précédentes expéditions. C'était un officier très sûr, appartenant à une riche famille d'industriels, et devant qui s'ouvrait un bel avenir. Sorti de l'École de Saumur dans les premiers, il ne tarderait pas à obtenir le grade supérieur.

Le lieutenant Villette devait même être rappelé en France, quand cette expédition à travers le Djerid fut décidée. Lorsqu'il apprit qu'elle se ferait sous les ordres de Hardigan, il vint trouver cet officier, et lui dit :

« Mon capitaine, cela m'irait joliment d'être des vôtres.

— Et cela m'irait joliment que vous en fussiez, lui répondit le capitaine sur le même ton, celui de la bonne et franche camaraderie.

— Mon retour en France pourra tout aussi bien s'effectuer dans deux mois.

— Tout aussi bien, mon cher Villette, et même mieux, puisque vous rapporterez là-bas les plus frais renseignements sur la mer Saharienne !

— En effet, mon capitaine, et nous aurons vu pour la dernière fois ces chotts algériens avant qu'ils ne disparaissent sous les eaux.

— Disparition qui, vraisemblablement, durera autant que durera la vieille Afrique, répondit Hardigan, c'est-à-dire autant que notre monde sublunaire.

— Il y a lieu de le croire, mon capitaine ! Eh bien, c'est convenu, et j'aurai le plaisir de faire avec vous cette petite campagne, une simple promenade, sans doute.

— Une simple promenade, comme vous dites, mon cher Villette, surtout depuis que nous avons pu débarrasser le pays de cet enragé Hadjar.

— C'est une capture qui vous a fait honneur, mon capitaine.

— Et à vous également, Villette ! »

Il va de soi que les propos entre le capitaine Hardigan et le lieutenant Villette s'étaient échangés avant que le chef touareg fût parvenu à s'échapper du bordj de Gabès. Mais, depuis sa fuite, il y aurait lieu de craindre de nouvelles agressions, et, même, rien ne lui serait plus facile que de provoquer un soulèvement de celles de ces tribus dont cette mer intérieure devait modifier les conditions d'existence.

L'expédition aurait donc à surveiller son cheminement à travers le Djerid, et le capitaine Hardigan y donnerait tous ses soins.

Que le maréchal des logis-chef Nicol ne dût pas faire partie de l'escorte, c'est ce qui eût paru surprenant. Où allait le capitaine Hardigan, allait de toute nécessité le maréchef. Il avait été de l'affaire qui avait amené la capture de Hadjar, il serait de l'expédition qui mettrait peut-être encore son capitaine aux prises avec les bandes touareg.

Le sous-officier, à l'âge de trente-cinq ans, avait déjà fait plusieurs congés, et toujours au même régiment de spahis. Les doubles galons de maréchal des logis-chef avaient contenté son ambition. Il ne prétendait rien au delà que de vivre de sa retraite bien gagnée par de bons services, mais le plus tard possible : soldat d'une extraordinaire endurance, débrouillard s'il en fut, Nicol ne connaissait que la discipline. C'était pour lui la grande loi de l'existence, et il eût voulu qu'elle s'appliquât au civil comme au militaire. Toutefois, s'il admettait que l'homme fût uniquement créé pour servir sous les drapeaux, il lui semblait aussi qu'il aurait été incomplet, s'il n'eût trouvé son complément naturel dans le cheval.

Il avait coutume de dire :

« Va-d'l'avant et moi, nous ne faisons qu'un. Je suis sa tête et il est mes jambes... et, vous l'avouerez, des jambes de cheval, c'est autrement taillé pour la marche que des jambes d'homme ! Et, encore, si nous en avions quatre, mais nous n'en avons que deux, alors qu'il nous en faudrait une demi-douzaine ! »

LE CAPITAINE HARDIGAN.

On le voit, le marchef en était à envier les myriapodes. Mais enfin, tels quels, son cheval et lui étaient bien faits l'un pour l'autre.

Nicol, avec une taille au-dessus de la moyenne, les épaules larges, la poitrine bien effacée, avait su rester maigre, et, plutôt que d'engraisser, eût consenti à tous les sacrifices. Il se fût considéré comme la plus malheureuse des créatures s'il eût prévu le plus léger symptôme d'embonpoint. D'ailleurs, à serrer la boucle de son flottard bleu et à forcer les boutons de son dolman dans les boutonnières, il saurait bien contenir tout envahissement d'obésité, s'il se produisait jamais dans une aussi sèche complexion. C'était un roux, ce Nicol, un roux ardent, les cheveux taillés en brosse, la barbiche drue, la moustache épaisse, les yeux gris roulant sans cesse sous leur orbite, le regard d'une étonnante portée, à distinguer comme l'hirondelle une mouche à cinquante pas, ce qui provoquait la profonde admiration du brigadier Pistache.

Un type gai, celui-là, toujours content et qui le serait à soixante ans comme il l'était à vingt-cinq, ne se plaignant jamais d'avoir faim, même quand l'ordinaire tardait de quelques heures, ni d'avoir soif, même quand les sources se faisaient rares à travers ces interminables plaines brûlées du soleil saharien. C'était un de ces bons méridionaux de la Provence, qui n'engendrait point la mélancolie, et pour lequel le maréchef Nicol « avait un faible ». Aussi les voyait-on ensemble le plus souvent, et l'un emboîterait le pas à l'autre pendant tout le cours de l'expédition.

Quand il aura été dit que le détachement comprenait un certain nombre de spahis, que deux chariots traînés par des mules transportaient les objets de campement et les vivres de la petite troupe, on connaîtra l'escorte de l'ingénieur de Schaller.

Mais, s'il n'y a point à parler d'une façon particulière des chevaux que montaient les officiers et leurs hommes, il doit être fait mention spéciale de celui du maréchef Nicol, et aussi du chien qui ne le quittait pas plus que son ombre.

Que le cheval ait reçu de son maître le nom significatif de Va-d'l'avant, cela s'explique de soi-même. Et, cette qualification, l'animal la justifiait, toujours sur le point de s'emballer, cherchant sans cesse à devancer les autres, et il fallait être aussi bon cavalier que Nicol pour le maintenir dans le rang. Du reste, on le sait, l'homme et la bête s'entendaient admirablement.

Mais s'il est admissible qu'un cheval s'appelle Va-d'l'avant, comment un chien a-t-il jamais pu s'appeler Coupe-à-cœur? Est-ce que ce chien avait les talents d'un Munito ou autres célébrités de la race canine? Est-ce qu'il paraissait dans les cirques forains? Est-ce qu'il jouait aux cartes en public?

Non, le compagnon de Nicol et de Va-d'l'avant ne possédait aucun de ces talents de société. Ce n'était qu'un brave et fidèle animal, qui faisait honneur au régiment, également aimé, choyé, caressé des chefs et des soldats. Mais son véritable maître c'était le maréchal, comme son plus intime ami, c'était Va-d'l'avant.

Or, Nicol avait une extraordinaire passion pour le jeu de rams, c'était à vrai dire sa seule et unique passion, sa seule pendant les loisirs de garnison, il lui semblait difficile qu'il existât quelque chose de plus attrayant à l'usage des simples mortels, il y était d'ailleurs d'une belle force, et ses nombreuses victoires lui avaient valu le surnom de « Maréchal Rams », surnom dont il était plutôt fier.

Eh bien, deux ans avant, Nicol avait fait un coup heureux entre tous, un coup de la dernière heure, dont il aimait à se souvenir. Attablé dans un café de Tunis, avec deux de ses camarades, devant le tapis sur lequel s'étalait le jeu de trente-deux cartes, après une assez longue séance, à la grande satisfaction de ses amis, sa chance et sa maestria habituelles avaient complètement tourné. Chacun des trois adversaires avait gagné trois parties, il était grand temps de rentrer au quartier, et une dernière partie devait décider de la victoire finale. Le maréchal Rams sentait qu'elle allait lui échapper il était dans un jour de déveine. Chacun des joueurs n'avait plus qu'une carte en main ses deux adversaires abattirent, l'un la dame de cœur, l'autre le roi de cœur, leur suprême espoir. Ils pouvaient supposer que l'as de cœur ou le dernier atout étaient demeurés parmi les onze cartes du talon.

« Coupe à cœur ! » s'écria Nicol d'une voix retentissante, et en frappant la table d'un tel coup de poing que sa carte d'atout vola jusqu'au milieu de la salle.

Qui alla la ramasser délicatement, qui la rapporta entre ses dents, ce fut le chien, lequel, jusqu'à ce jour mémorable, s'était appelé Misto.

« Merci, merci, mon camarade, s'écria le maréchef, aussi fier de sa double victoire que s'il avait enlevé deux drapeaux à l'ennemi. Coupe-à-cœur, entends-tu ? J'ai coupé à cœur ! . »

Le chien laissa échapper un long aboiement de satisfaction.

« Oui, Coupe-à-cœur, répétait Nicol, et ce n'est plus Misto, que tu t'appelleras maintenant ce sera Coupe-à-cœur ! Ça te va-t-il ? »

Sans doute ce nouveau nom lui allait, à ce digne animal, car, après force gambades, il sauta sur les genoux de son maître, qui faillit être renversé du coup.

Et Misto eut vite oublié son ancien nom pour ce nouveau nom de Coupe-à-cœur, si honorablement connu depuis lors au régiment.

On ne mettra pas en doute que ce projet d'une nouvelle expédition n'eût été accueilli avec une extrême satisfaction par le maréchal des logis-chef Nicol et par le brigadier Pistache. Mais, à les en croire, il ne causerait pas une joie moindre à Va-d'l'avant et à Coupe-à-cœur.

La veille du départ, le maréchef, en présence du brigadier, eut, avec les deux inséparables, une conversation qui ne devait laisser aucune hésitation à cet égard.

« Eh bien, mon vieux Va-d'l'avant, dit Nicol en tapotant de la main le cou du cheval, nous allons donc nous remettre en campagne ? »

Il est probable que Va-d'l'avant comprit ce que lui disait son maître, car il poussa un joyeux hennissement.

« Oui, le bon chien, oui... tu en seras aussi ! » (Page 70.)

À ce hennissement, Coupe-à-cœur répondit par une série de petits aboiements de plaisir auxquels il n'eût pas été permis de se méprendre !

« Oui, le bon chien, oui... tu en seras aussi ! ajouta le marchef tandis que Coupe-à-cœur gambadait comme s'il eût voulu sauter sur le dos de Va-d'l'avant. Et, de fait, cela lui arrivait bien quelquefois de se mettre en selle et il semblait bien que le cheval ne fût pas moins content de porter le chien que le chien d'être porté par lui !

« C'est demain que nous quitterons Gabès, continua le maréchal des logis-chef, demain que nous prendrons la route des chotts ! j'espère que vous serez prêts tous les deux et que vous ne resterez pas en arrière des autres ! »

Nouveaux hennissements et nouveaux aboiements pour répondre à la recommandation.

« A propos, reprit Nicol, vous savez que ce grand diable de Hadjar a décampé sans tambour ni trompette ce satané Targui que nous avions pris ensemble ! »

Si Va-d'l'avant et Coupe-à-cœur ne le savaient pas, ils l'apprirent alors ! Ah ! ce gueux de Targui s'était sauvé !

« Eh bien, mes camarades, déclara le marchef, il est bien possible que nous le rencontrions là-bas, ce Hadjar, et il faudra le repincer au demi-cercle. »

Coupe-à-cœur était prêt à s'élancer au dehors et Va-d'l'avant n'attendait que d'être enfourché par son maître pour le suivre.

« A demain a demain ! » répéta le maréchal des logis-chef en se retirant.

Et assurément, au temps où les bêtes parlaient et disaient sans doute moins de bêtises que les hommes, Va-d'l'avant et Coupe-à-cœur auraient répondu

« A demain marchef à demain ! »

VI

DE GABÈS A TOZEUR

Le 17 mars, dès cinq heures du matin, l'expédition quittait Gabès, alors que le soleil, se levant sur l'horizon de la Petite-Syrte, faisait étinceler les longues plaines sablonneuses de la région des chotts.

Le temps était beau, une légère brise du nord traversait l'espace en chassant quelques nuages qui se dissipaient avant d'atteindre l'horizon opposé.

Du reste, la période hivernale prenait déjà fin. C'est avec une remarquable régularité que les saisons se succèdent sous le climat de l'Afrique orientale. La période des pluies, l'« ech-chta », n'occupe guère que les mois de janvier et de février. L'été, avec ses températures excessives, va de mai à octobre sous la prédominance des vents qui vont du nord-est au nord-ouest. M. de Schaller et ses compagnons partaient donc à une époque favorable. La campagne de reconnaissance serait assurément terminée avant les terribles chaleurs qui rendent si pénible le cheminement à travers les outta sahariennes.

Il a été dit que Gabès ne possédait pas de port. L'ancienne crique de Tnoupe, presque ensablée, n'était abordable qu'aux navires d'un faible tirant d'eau. C'est le golfe, formant demi-cercle entre le groupe des Kerkenath et les îles des Lotophages, qui a reçu l'appellation de Petite-Syrte, et cette Petite-Syrte est aussi justement redoutée des navigateurs que la Grande, si féconde en sinistres maritimes.

C'est à l'embouchure de l'Oued-Melah, où se préparaient les aménagements pour le nouveau port, que le canal devait prendre naissance. Du seuil de Gabès, large de vingt kilomètres et dont vingt-deux millions de mètres cubes de matières, terre et sable, avaient été enlevés, il ne restait plus qu'un fort bourrelet qui retenait les eaux du golfe. Ce bourrelet, quelques jours pouvaient suffire à le dégager, mais, il va de soi, cette opération ne s'accomplirait qu'au dernier moment et lorsque tous les travaux de défense, de percement et d'approfondissement dans les chotts seraient entièrement terminés. De plus, il y avait à prévoir l'établissement d'un pont pour le passage vers cet endroit du prolongement sur Gabès et la frontière tripolitaine de la ligne du chemin de fer de Kairouan à Feriana et Gafsa.

Le seuil de Gabès, première et plus courte section du premier canal, avait occasionné une grosse fatigue et une forte dépense, car, en de certains endroits, ce seuil présentait une tumescence de cent mètres, sauf deux brèches hautes de cinquante à soixante, et les sables s'y mélangeaient de masses rocheuses d'une extraction difficile.

A partir de l'embouchure de l'Oued-Melah, le canal se dirigeait vers les plaines du Djerid, et c'est en suivant tantôt la berge du Nord, tantôt la berge du Sud, que le détachement commença ses premières étapes. Du kilomètre 20 partait la deuxième section qui suivait autant que possible la berge septentrionale pour diminuer les difficultés et les dangers inhérents à la nature même du terrain des chotts.

L'ingénieur de Schaller et le capitaine Hardigan marchaient en tête, quelques spahis les escortaient. Après eux venait, sous les ordres du maréchal des logis-chef Nicol, le convoi qui transportait les vivres et le matériel de campement. Puis un peloton, que commandait le lieutenant Villette, formait l'arrière-garde.

Cette expédition, n'ayant pour objet que de reconnaître le

L'INGÉNIEUR ET LE CAPITAINE MARCHAIENT EN TÊTE. (Page 72.)

trace du canal sur tout son parcours, de vérifier où en étaient les choses jusqu'au chott Rharsa, d'abord, puis jusqu'au chott Melrir, ne devait cheminer qu'à petites journées. S'il est vrai que les caravanes, allant d'oasis en oasis, contournant au sud les montagnes et les plateaux de l'Algérie et de la Tunisie, enlèvent jusqu'à quatre cents kilomètres en dix ou douze jours, l'ingénieur entendait bien ne point en faire plus d'une douzaine par vingt-quatre heures, car il avait à tenir compte du mauvais état dans lequel se trouvaient les pistes et les anciennes routes le long des travaux.

« Nous n'allons pas faire des découvertes, disait M. de Schaller, mais plus exactement nous rendre compte de l'état présent des travaux que nous ont laissés nos devanciers.

— C'est parfaitement entendu, mon cher ami, lui répondit le capitaine Hardigan, et, d'ailleurs, depuis longtemps il n'y a plus rien à découvrir dans cette partie du Djerid. Mais, en ce qui me concerne, je ne suis pas fâché de la visiter une dernière fois avant qu'elle ne se soit transformée ! Gagnera-t-elle au change ?

— Assurément, capitaine, et s'il vous plaît d'y revenir...

— Dans une quinzaine d'années...

— Non, je suis convaincu que bientôt vous retrouverez l'animation de la vie commerciale là où ne se rencontrent encore que les solitudes du désert.

— Ce qui avait son charme, mon cher compagnon.

— Oui, si toutefois l'abandon et le vide peuvent charmer.

— Un esprit comme le vôtre, non sans doute, répondit le capitaine Hardigan, mais qui sait si les vieux et fidèles admirateurs de la nature n'auront pas lieu de regretter ces transformations que le genre humain lui impose !

— Eh bien, mon cher Hardigan, ne vous plaignez pas trop, car si tout le Sahara eût été encore d'un niveau inférieur à celui de la Méditerranée, soyez sûr que nous l'aurions transformé en Océan depuis le golfe de Gabès jusqu'au littoral de l'Atlantique! comme cela a dû exister en certaines périodes géologiques.

— Décidément, déclara en souriant l'officier, les ingénieurs modernes ne respectent plus rien! Si on les laissait faire, ils combleraient les mers avec les montagnes et notre globe ne serait qu'une boule lisse et polie comme un œuf d'autruche, convenablement disposée pour l'établissement de chemins de fer! »

Et l'on peut tenir pour certain que, pendant les quelques semaines de leur voyage à travers le Djerid, l'ingénieur et l'officier ne verraient point les choses sous le même angle; mais ils n'en seraient pas moins bons amis.

La traversée de l'oasis de Gabès se fit au milieu d'un pays charmant. C'est là que se rencontrent les spécimens des diverses flores africaines entre les sables maritimes et les dunes du désert. Les botanistes y ont recueilli cinq cent soixante-trois espèces de plantes. Ils n'ont pas à se plaindre, les habitants de cette oasis fortunée, et la nature ne leur a point épargné ses faveurs. Si les bananiers, les mûriers, la canne à sucre sont rares, du moins trouve-t-on en abondance figuiers, amandiers, orangers qui se multiplient sous les hauts éventails d'innombrables dattiers, sans parler des coteaux riches en vignobles, et des champs d'orge qui se développent à perte de vue. D'ailleurs, le Djerid, le pays des dattes, compte plus d'un million de ces arbres, dont il existe cent cinquante variétés, et leur fruit, entre autres la « datte-lumière », à chair transparente, est de qualité supérieure.

Au delà des extrêmes limites de cette oasis, en remontant le cours de l'Oued-Melah, la caravane s'engagea dans l'aride partie du seuil à travers laquelle s'allongeait le nouveau canal. C'est là que les travaux avaient exigé le concours de milliers de bras. Mais, malgré bien des complications, les travailleurs, en fin de compte, n'avaient point manqué, et, à un prix peu élevé, la Compagnie Franco-étrangère avait pu embaucher des Arabes autant qu'il avait été nécessaire. Seules, les tribus Touareg et quelques autres nomades qui fréquentaient les abords des sebkha, avaient refusé de prendre part au percement du canal.

Tout en cheminant, M. de Schaller prenait des notes. Il resterait quelques rectifications à faire aux talus des berges et au lit même du canal pour retrouver la pente calculée de manière à obtenir un débit suffisant, « tant, ainsi que l'avait établi M. Roudaire, pour remplir les bassins, que pour les maintenir à un niveau constant, en restituant l'eau qui s'évaporerait chaque jour »

« Mais, dans le principe, demanda le capitaine Hardigan, quelle devait être la largeur du canal ?

— Seulement de vingt-cinq à trente mètres en moyenne, répondit M. de Schaller, et il devait être établi de manière que l'élargissement pût se faire de lui-même par le courant des eaux. Cependant, bien que ce fût un plus grand travail, et, par suite, une dépense plus considérable, on avait cru nécessaire de porter la largeur à quatre-vingts mètres, telle que vous la voyez aujourd'hui.

— Cela, sans doute, mon cher ami, en vue d'abréger le temps que les chotts Rharsa et Melrir mettront à s'inonder.

— Assurément, et, je vous le répète, nous comptons sur la rapidité du courant pour rejeter les sables latéralement, ce qui laissera passer une plus grande quantité des eaux du golfe.

— Mais enfin, au début, reprit le capitaine Hardigan, on ne parlait pas moins de dix années pour donner à la mer Saharienne son niveau normal ?

— Je le sais, je le sais, répliqua M. de Schaller, et l'on prétendait même que l'eau s'évaporerait pendant son passage à travers le canal, et qu'il n'en arriverait pas une goutte au chott Rharsa ! Aussi, à mon avis, eût-il beaucoup mieux valu s'en tenir à la largeur primitivement fixée et donner plus de tirant d'eau au canal, du moins en sa première partie. C'eût été infiniment plus pratique et moins dispendieux ; mais vous savez que ce n'est pas la seule erreur de calcul de nos devanciers. D'ailleurs, des études faites sur des bases plus précises ont permis

Cliché Soler (Tunis).
LE MENZEL A GABÈS.

de réfuter ces assertions, et ce n'est certainement pas dix ans que nécessitera le remplissage des dépressions algériennes. Avant cinq ans, les navires de commerce parcourront la nouvelle mer depuis le golfe de Gabès jusqu'au port le plus éloigné du Melrir. »

DE GABÈS A TOZEUR. 77

Les deux étapes de cette première journée se firent dans de bonnes conditions; la caravane s'était arrêtée toutes les fois que l'ingénieur avait eu à examiner l'état de la tranchée du canal. Ce

UN COIN DE L'OASIS, GABÈS. *Cliché Soler (Tunis).*

fut à environ quinze kilomètres de Gabès que, vers cinq heures du soir, le capitaine Hardigan donna le signal de halte pour la nuit.

Le campement fut aussitôt organisé sur la rive nord du canal à l'ombre d'un petit bois de dattiers. Les cavaliers mirent pied à terre et conduisirent les chevaux dans une prairie qui leur fournirait de l'herbe en abondance. Un ruisseau serpentait à travers le bois, et l'on s'assura que son eau était fraîche et limpide.

Les tentes, qui ne seraient d'ailleurs occupées que pendant les heures de sommeil, furent rapidement dressées. Quant au repas, on le prit sous le couvert des arbres. L'ingénieur, les deux officiers, servis par François, firent honneur aux provisions apportées de Gabès. Rien qu'en viandes et légumes conservés, la nourriture de la caravane était garantie pour plusieurs semaines, et dans les bourgades, les villages de la basse Tunisie et de la basse Algérie, au voisinage des chotts, il serait toujours facile de se ravitailler.

Inutile de dire que le maréchal des logis-chef et ses hommes, débrouillards comme ils l'étaient, avaient établi en un clin d'œil leurs tentes, après avoir remisé à l'entrée du bois les deux chariots qui complétaient le convoi. D'ailleurs, avant de penser à lui-même, Nicol — plaisanterie qu'il aimait à faire et dont Pistache riait invariablement — avait voulu « panser » Va-d'l'avant. Le digne cheval paraissait satisfait de cette première journée à travers le Djerid, et il répondit à son maître par de longs hennissements auxquels se mêlèrent les jappements de Coupe-à-cœur.

Il va sans dire que le capitaine Hardigan avait pris toutes les mesures pour la surveillance du campement. Du reste, le silence de la nuit ne fut troublé que par certains hurlements bien connus des nomades de la région. Mais les fauves se tinrent à distance, et la caravane ne reçut aucune fâcheuse visite jusqu'au lever du soleil.

Dès cinq heures, tout le monde fut sur pied, et, à cinq heures dix, M. François s'était déjà rasé de frais devant un morceau de glace pendu au piquet de la tente. Les chevaux furent rassemblés, les chariots chargés, et la petite troupe se remit en marche dans le même ordre que la veille.

On suivait les berges du canal, tantôt l'une, tantôt l'autre, déjà moins élevées que dans la partie du seuil de Gabès plus rapprochée du golfe. Uniquement formées de terre très meuble ou de sable peu consistant, nul doute qu'elles ne résisteraient pas à la poussée des eaux si le courant acquerait de la force. Ainsi que cela avait pu être prévu par les ingénieurs et redouté par les indigènes, le canal s'élargirait de lui-même, ce qui abrégerait le temps nécessaire à la complète inondation des deux chotts. Mais, en somme, le lit du canal paraissait solide, ce que put constater M. de Schaller. C'était plutôt dans la traversée de la grande sebkha tunisienne que les couches molles avaient rendu le creusement plus rapide que dans les terrains riverains de la Petite-Syrte.

Le pays présentait toujours le même caractère de solitude et de stérilité qu'au sortir de l'oasis de Gabès. Parfois quelques forêts de dattiers, et des plaines hérissées de ces touffes d'alfas qui sont la véritable richesse du pays.

Depuis le départ, l'expédition s'était dirigée vers l'ouest pour atteindre, en longeant le canal, la dépression désignée sous le nom de Fedjedj, de manière à gagner la bourgade La Hammâ. Cette bourgade, il ne faut pas la confondre avec une autre du même nom située à l'extrémité orientale du Rharsa, et que l'expédition visiterait après la complète traversée du Fedjedj et du Djerid.

C'est au sud du canal, à La Hammâ, que le capitaine Hardigan vint prendre ses logements pour la nuit, après les deux étapes régulières de la journée du 18 mars.

Les diverses bourgades de cette région occupent toutes des positions identiques au milieu de petites oasis. De même que les villages, elles sont entourées de murs de terre, qui leur permettraient de résister aux agressions des nomades et même à l'attaque des grands fauves africains.

Il n'y avait là que quelques centaines d'habitants indigènes, auxquels étaient parfois mêlés plusieurs colons français. Un petit parti de soldats indigènes occupait le bordj, simple maisonnette qui dominait le milieu de la bourgade. Les spahis, auxquels cette population fit bon accueil, se répartirent dans les maisons arabes, tandis que l'ingénieur et les officiers recevaient l'hospitalité chez un compatriote.

Lorsque le capitaine Hardigan s'enquit de ce qu'il pouvait savoir du chef targui évadé de la prison de Gabès, le colon répondit qu'il n'en avait point entendu parler. Nulle part, aux environs de La Hammâ, ne fut signalée la présence de Hadjar. Tout portait à croire, d'ailleurs, que le fugitif avait regagné la contrée des chotts algériens en contournant le Fedjedj et trouvé refuge parmi les tribus touareg du Sud. Toutefois, un habitant de La Hammâ, qui revenait de Tozeur, avait entendu dire que Djemma s'était montrée dans les environs, mais quelle direction elle avait prise ensuite, on l'ignorait. Du reste, il convient de le rappeler, après l'évasion de Hadjar, après son débarquement sur le rivage de la Petite-Syrte, dès qu'il eut revu un instant sa mère, près du marabout, où l'attendaient des chevaux tout prêts, ses compagnons et lui s'étaient enfuis par une route que Djemma n'avait pas suivie après eux.

Le 19, au matin, sous un ciel un peu couvert qui promettait une journée moins chaude, le capitaine Hardigan donna le signal du départ. Une trentaine de kilomètres avaient été franchis entre Gabès et La Hammâ; il n'en restait que la moitié jusqu'au Fedjedj. Ce serait l'affaire d'une journée de marche, et, le soir, la petite troupe camperait sur un point rapproché du chott.

Pour la dernière étape qui l'avait conduit à La Hammâ, l'ingénieur avait dû s'éloigner quelque peu du canal, et, pendant la première partie de cette journée, il le rejoignit à son entrée dans le chott. C'était donc sur un parcours de cent quatre-vingt-cinq kilomètres à travers cette longue dépression du Fedjedj, cotée entre quinze et vingt-cinq mètres au-dessus du niveau de la mer,

LES SPAHIS SE RÉPARTIRENT DANS LES MAISONS ARABES. (Page 80.)

que le creusement s'était effectué sans offrir de difficultés trop grandes.

Pendant les journées qui suivirent, le détachement put longer les berges du canal sur un sol qui ne présentait pas toute la fermeté désirable.

C'est au milieu de ces dépressions que les sondes s'engloutissent parfois d'elles-mêmes jusqu'à disparaître, et ce qui arrivait à un outil pouvait arriver à un homme. Cette sebkha tunisienne est la plus étendue de toutes. Au delà de la pointe de Bou-Abdallah, le Fedjedj et le Djerid — qu'il ne faut pas confondre avec la partie du désert désignée sous ce nom — ne forment qu'une seule dépression jusqu'à leur extrémité occidentale. C'est, d'ailleurs, à travers le Fedjedj, à partir du village de Mtocia, au-dessus de La Hammâ, que le canal avait été établi, et qu'il y eut lieu d'en suivre le tracé, dirigé presque en ligne droite jusqu'au kilomètre 153 à partir duquel il s'infléchissait vers le Sud, parallèlement à la côte, entre Tozeur et Nefta.

Rien de curieux à observer comme ces bassins lacustres, connus sous le nom de sebkha et de chotts. Et, à propos de ceux géographiquement dénommés Djerid et Fedjedj, qui n'ont point conservé d'eau, même en leur partie centrale, voici ce que M. de Schaller, tout en chevauchant, dit au capitaine Hardigan et au lieutenant Villette, qui les avait rejoints comme cela lui arrivait souvent.

« Nous ne voyons rien de la nappe liquide, par cette raison qu'une croûte saline la recouvre. Mais elle n'est séparée de la surface que par cette croûte, véritable curiosité géologique et vous remarquerez que le pas de nos chevaux résonne comme s'ils marchaient sur le dos d'une voûte.

— En effet, répondit le lieutenant, et c'est à se demander si le sol ne va pas leur manquer tout à coup.

— Il y a des précautions à prendre, ajouta le capitaine Hardigan, et je ne cesse de le répéter à nos hommes. N'a-t-on pas vu quelquefois, dans les parties les plus basses de ces dépressions, l'eau monter soudain jusqu'au poitrail des chevaux ?..

— Cela est arrivé déjà, précisément pendant la reconnaissance de cette sebkha par le capitaine Roudaire, et ne cite-t-on pas des exemples de caravanes subitement enlizées, alors qu'elles se rendaient aux diverses bourgades de cette contrée ?..

— Une contrée qui, si elle n'est ni mer ni lac, n'est pourtant pas terre dans le vrai sens de ce mot!.. observa le lieutenant Villette.

— Ce qui n'existe pas dans ce Djerid se rencontre dans le Rharsa et dans le Melrir, reprit M. de Schaller ; outre les eaux cachées, ces chotts contiennent des eaux superficielles dans les bassins à une cote inférieure au niveau de la mer...

— Eh bien, mon cher monsieur, dit le capitaine Hardigan, il est vraiment fâcheux que ce chott ne soit pas dans ces conditions !.. Il aurait suffi d'un canal d'une trentaine de kilomètres pour y déverser les eaux du golfe de Gabès, et, depuis quelques années déjà, on naviguerait sur la mer Saharienne !

— C'est très regrettable, en effet, affirma M. de Schaller, et non seulement parce que la durée et l'importance des travaux eussent été diminuées dans une proportion considérable, mais peut-être aussi parce que l'étendue de la nouvelle mer se fût pour ainsi dire doublée. Au lieu de sept mille deux cents kilomètres carrés, soit sept cent vingt mille hectares, elle en eût recouvert environ un million cinq cents mille ! En examinant la carte de cette contrée, on voit que le Fedjedj et le Djerid ont une surface supérieure à celle du Rharsa et du Melrir, et ce dernier surtout ne sera pas entièrement inondé.

— Après tout, dit le lieutenant Villette, puisque nous ne foulons du pied qu'un terrain instable, ne pourra-t-il arriver que, dans un avenir plus ou moins éloigné, le sol ne se déprime encore, surtout lorsqu'il aura été plus longtemps pénétré par les eaux du canal ?.. Qui sait si toute la partie méridionale de l'Algérie et de la Tunisie, par suite d'une modification lente ou brusque du sol, ne deviendra pas le bassin d'un océan, si la Méditerranée ne l'envahit pas de l'est à l'ouest ?

— Voilà bien notre ami Villette qui s'emballe, répliqua le capitaine Hardigan, et qui se laisse impressionner par tous les fantômes qui hantent l'imagination des Arabes dans leurs récits. Il veut rivaliser de vitesse avec le brave Va-d'l'avant, de notre non moins brave Nicol !

— Ma foi, mon capitaine, répliqua le jeune officier en riant, je pense que tout peut arriver.

— Et quelle est là-dessus votre opinion, mon cher de Schaller ?

— Je n'aime à m'appuyer que sur des faits bien établis, sur des observations précises, conclut l'ingénieur. Mais, en vérité, plus j'ai étudié le sol de cette région, plus je le trouve dans des conditions anormales, et il y a à se demander quels changements pourront se produire avec le temps et grâce à des éventualités qu'on ne saurait prévoir ! Mais, en attendant, contentons-nous, tout en réservant l'avenir, de pouvoir réaliser ce magnifique projet de la mer Saharienne. »

Après nombre d'étapes à Limagnes, à Seftimi, à Bou-Abdallah, bourgades situées sur la langue de terre qui se prolonge entre le Fedjedj et le Djerid, l'expédition acheva l'exploration du premier canal jusqu'à Tozeur, où elle s'arrêta dans la soirée du 30 mars.

VII

TOZEUR ET NEFTA.

« Ici, disait ce soir-là le marchef Nicol au brigadier Pistache et à M. François, nous sommes dans le pays des dattes par excellence, en véritable « Datterie », comme l'appelle mon capitaine, et comme le nommeraient mes camarades Va-d'l'avant et Coupe-à-cœur, s'ils avaient reçu le don de la parole...

— Bon, répondit Pistache, les dattes sont partout les dattes, et qu'on les cueille à Gabès ou à Tozeur, pourvu qu'elles proviennent d'un dattier... N'est-il pas vrai, monsieur François?.. »

On disait toujours « monsieur François » quand on s'adressait à ce personnage. Son maître lui-même ne s'exprimait pas autrement, et M. François y tenait dans sa dignité naturelle.

« Je ne saurais me prononcer, répondit-il d'une voix grave, en passant la main sur son menton qu'il raserait le lendemain dès la première heure. J'avoue ne point avoir un goût prononcé pour ce fruit, bon pour des Arabes et non pour les Normands dont je suis...

— Eh bien, vrai, vous êtes difficile, monsieur François, s'écria le marchef, bon pour des Arabes! Vous voulez dire trop bon pour eux, car ils sont incapables de l'apprécier comme il le mérite!.. Des dattes! mais poires, pommes, raisins, oranges, je donnerais pour elles tous les fruits de France!..

— Eh! ils ne sont pourtant point à dédaigner... déclara Pistache, en glissant sa langue entre ses lèvres.

— Pour parler ainsi, reprit Nicol, il faut n'avoir jamais goûté aux dattes du Djerid. Tenez, je vous ferai manger demain une « deglat-en-nour », cueillie à même l'arbre, ferme et transparente, et qui, en vieillissant, forme une délicieuse pâte sucrée. Vous m'en direz des nouvelles ! C'est tout simplement un fruit de Paradis... et c'est probablement non avec une pomme, mais avec une datte, que lui tenta notre gourmand de premier père.

— Ce serait bien possible ! ajouta le brigadier qui s'inclinait volontiers devant l'autorité du maréchef.

— Et ne croyez pas, monsieur François, reprit celui-ci, que je sois le seul à avoir cette opinion sur les dattes du Djerid, et plus particulièrement sur celles de l'oasis de Tozeur ! Demandez au capitaine Hardigan, au lieutenant Villette, qui s'y connaissent ! Interrogez même Va-d'l'avant et Coupe-à-cœur.

— Comment, dit M. François, dont le visage s'imprégnait de surprise, comment votre chien et votre cheval ?

— Ils en raffolent, monsieur François, et, trois kilomètres avant d'arriver, les naseaux de l'un et le nez de l'autre humaient déjà la senteur des dattiers. Oui, dès demain, ils se régaleront de compagnie.

— Bon, monsieur le maréchef, répondit M. François, et, si vous le voulez bien, le brigadier et moi nous serons enchantés de faire honneur à quelques douzaines de ces estimables produits du Djerid ! »

Certainement le maréchal des logis-chef n'exagérait pas. Dans tout ce pays, et particulièrement aux environs de Tozeur, les dattes sont de qualité supérieure, et, dans l'oasis, on compte plus de deux cent mille palmiers, produisant plus de huit millions de kilos de dattes. C'est la grande richesse de la région, c'est ce qui attire de nombreuses caravanes, lesquelles, après avoir apporté des laines, de la gomme, de l'orge et du blé, remportent des milliers de sacs du précieux fruit.

On comprendra, dès lors, que les populations de ces oasis aient éprouvé de réelles craintes à propos de cette création d'une mer intérieure. En effet, à les en croire, par suite de l'humidité que provoquerait l'inondation des chotts, les dattes perdraient leurs excellentes qualités. C'est grâce à la sécheresse de l'air du Djerid qu'elles occupent le premier rang parmi ces fruits, dont les tribus font leur principale nourriture, et qui peuvent se conserver indéfiniment pour ainsi dire. Le climat changé, elles ne seraient pas plus estimées que celles qui se recueillent dans le voisinage du golfe de Gabès ou de la Méditerranée.

Ces appréhensions étaient-elles justifiées ? Les avis, on le sait, se partageaient à cet égard. Mais, le certain, c'est que les indigènes de la basse Algérie et de la basse Tunisie protestaient et s'indignaient contre l'exécution de la mer Saharienne, à la pensée des irréparables dommages que devait causer le projet Roudaire.

Aussi, dès cette époque et pour protéger la région contre l'envahissement progressif des sables, on avait organisé un embryon de service forestier qui s'était assez bien développé par la suite, comme le prouvaient des plantations multipliées de sapins et d'eucalyptus et des opérations de clayonnage, analogues à celles du département des Landes. Mais, si les moyens de s'opposer aux progrès de l'envahissement sont connus et mis en pratique, il est nécessaire que la lutte laborieuse soit ininterrompue, sans quoi les sables ne sont pas longs à franchir les obstacles et à reprendre leur œuvre de destruction et d'engloutissement.

Les voyageurs se trouvaient alors au cœur même du Djerid tunisien, dont les principales villes et bourgades sont Gafsa, Tameghza, Médas, Chebika, Nefzaoua et Tozeur, — à laquelle il faut rattacher les grandes oasis de Nefta, d'Oudiane et de La Hammà, et qui constituait comme un centre où l'expédition pouvait se rendre compte de l'état des travaux de la Compagnie Franco-étrangère, si brusquement interrompus par des difficultés financières bientôt infranchissables.

Tozeur compte environ dix mille habitants. Près de mille hectares de terre y sont mis en culture. L'industrie s'y borne à la

TOZEUR. — LE BARRAGE

fabrication des burnous, des couvertures et des tapis. Mais, ainsi qu'il a été indiqué, les caravanes y affluent et les fruits du palmier-dattier en sont exportés par millions de kilogrammes. Peut-être s'étonnera-t-on que l'instruction soit relativement très en honneur dans cette lointaine bourgade du Djerid. Il n'en est pas moins vrai que les enfants, au nombre de près de six cents, fréquentent dix-huit écoles et onze zaouias. Quant aux ordres religieux, ils sont nombreux dans l'oasis.

Mais si Tozeur n'était pas faite pour exciter la curiosité de M. de Schaller, au point de vue purement forestier et à celui de ses belles oasis, celle-ci était bien plus vivement sollicitée par le canal dont le chenal passait à quelques kilomètres en se dirigeant vers Nefta. En revanche, c'était la première fois que le capitaine Hardigan et le lieutenant Villette visitaient cette ville. La journée qu'ils y passèrent eût satisfait les plus curieux touristes. Rien de charmant comme certaines places, certaines rues bordées de maisons où les briques de couleurs se disposent en dessins d'une originalité surprenante. C'est là ce qui doit attirer le regard des artistes, plutôt que les vestiges de l'occupation romaine qui sont peu importants à Tozeur.

Dès le lendemain, à la première heure, sous-officiers et soldats avaient permission du capitaine Hardigan de vaquer à leur fantaisie à travers l'oasis, pourvu que tout le monde fût présent aux deux appels de midi et du soir. On ne devait pas plus d'ailleurs s'aventurer au dehors que ne le faisait le poste militaire établi dans la bourgade sous les ordres d'un officier supérieur commandant la place. Plus que jamais il y avait à tenir compte de cette surexcitation que la reprise des travaux et la prochaine inondation des chotts provoqueraient parmi les tribus sédentaires ou nomades du Djerid.

Il va de soi que le maréchal des logis-chef Nicol et le brigadier Pistache se promenaient ensemble dès l'aube. Si Va-d'l'avant n'avait pas quitté l'écurie où le fourrage lui montait jusqu'à mi-jambes, du moins Coupe-à-cœur gambadait-il à leur côté, et, assurément, ses impressions de chien, curieux et fureteur, il les rapporterait à son grand ami Va-d'l'avant.

MAISON ARABE, TOZEUR.   Cliché Soler (Tunis).

C'est précisément sur le marché de Tozeur que l'ingénieur, les officiers, les soldats, eurent l'occasion de se rencontrer le plus souvent pendant cette journée. Là afflue, principalement, la population devant le Dar-el-Bey. Ce souk prend l'aspect d'un campement, lorsque sont dressées les tentes sous lesquelles

LE MARCHÉ A TOZEUR.

s'abritent les vendeurs, tendues soit d'une natte, soit d'une légère étoffe que supportent des branches de palmier. Au-devant s'étalent les marchandises, qui ont été apportées à dos de chameaux, d'oasis en oasis.

Le marchef et le brigadier eurent là une occasion, qui se présentait fréquemment, pour tout dire, d'absorber quelques verres de vin de palmier, cette boisson indigène connue sous le nom de « lagmi ». Elle provient du palmier où l'on coupe la tête de l'arbre pour l'obtenir, décapitation dont il meurt inévitablement, ou l'on se contente de pratiquer des incisions qui ne laissent pas s'échapper la sève en telle quantité que la mort s'ensuive.

« Pistache, recommanda le marchef à son subordonné, tu sais qu'il ne faut pas abuser des bonnes choses ! et ce lagmi est traître en diable.

— Oh, marchef, moins que le vin de dattes ! répondit le brigadier, qui possédait, à ce sujet, des notions très exactes.

— Moins, sans doute, j'en conviens, reprit Nicol, mais il faut s'en défier, car il s'attaque aux jambes aussi bien qu'à la tête !

— Soyez tranquille, marchef, et, tenez, voici des Arabes qui donneraient un bien mauvais exemple à nos hommes ! »

En effet, deux ou trois indigènes, pris de boisson, titubant de droite et de gauche, passaient sur le souk, dans un état d'ébriété peu convenable, surtout pour des Arabes, ce qui provoqua cette juste réflexion du brigadier :

« Je croyais que leur Mahomet avait interdit à tous ses fidèles de s'enivrer.

— Oui, Pistache, répondit le marchef, avec tous les vins quels qu'ils soient, sauf ce lagmi ! Il paraît que le Coran fait une exception pour ce produit du Djerid.

— Et je vois que les Arabes en profitent ! » répliqua le brigadier.

Il paraît que le lagmi ne figure pas sur la liste des boissons fermentées défendues aux fils du Prophète.

Si le palmier est, par excellence, l'arbre de la région, le sol de l'oasis est d'une fertilité merveilleuse, et les jardins s'embellissent ou s'enrichissent des produits végétaux les plus variés. L'oued Berkouk promène ses eaux vivifiantes à travers la campagne environnante, soit par son lit principal, soit par les multiples petits courants qui en dérivent. Et n'y a-t-il pas de quoi provoquer l'admiration, à voir un haut palmier abriter un olivier de taille moyenne, qui abrite un figuier, qui abrite un grenadier, sous lequel serpente la vigne, dont les sarments se glissent entre les rangs de blé, de légumes et de plantes potagères?

Pendant la soirée que M. de Schaller, le capitaine Hardigan et le lieutenant Villette passèrent dans la grande salle de la kasbah, après l'invitation du commandant de la place, la conversation roula tout naturellement sur l'état actuel des travaux, sur la prochaine inauguration du canal, sur les avantages qui résulteraient pour la région de cette inondation des deux chotts tunisiens. Et, à ce propos, le commandant de dire :

« Il n'est que trop vrai, les indigènes se refusent à reconnaître que le Djerid doit bénéficier dans une mesure considérable de la mer Saharienne. J'ai eu occasion de causer avec des chefs arabes. Eh bien, à peu d'exceptions, ils se montrent hostiles au projet, et je n'ai pu leur faire entendre raison ! Ce qu'ils craignent, c'est un changement de climat, dont les produits des oasis et principalement les palmeraies, auraient à souffrir. Cependant, tout démontre le contraire : les savants les plus autorisés n'ont aucun doute à cet égard, ce sera la richesse que le canal apportera à cette contrée avec les eaux de la mer. Mais ces indigènes s'entêtent et ne veulent point se rendre ! »

Le capitaine Hardigan demanda alors :

« Est-ce que cette opposition ne vient pas plutôt des nomades que des sédentaires ?

— Assurément, répondit le commandant, car la vie de ces nomades ne pourra plus être ce qu'elle a été jusqu'ici. Entre tous, les Touareg se distinguent par leur violence, et cela se conçoit. Le nombre et l'importance des caravanes vont diminuer. Plus de kafila à conduire sur les routes du Djerid, ou à piller ainsi que cela se fait encore ! Tout le commerce s'effectuera par les bâtiments de la mer nouvelle, et, à moins que les Touareg ne changent leur métier de voleurs contre celui de pirates ! Mais, dans ces conditions, on les aurait vite réduits à l'impuissance. Il n'est donc pas étonnant qu'à toute occasion ils s'efforcent d'endoctriner les tribus sédentaires, en leur faisant envisager un avenir de ruine par l'abandon du genre de vie de leurs ancêtres. On ne se heurte pas seulement alors à l'hostilité, mais à une sorte de fanatisme irraisonné. Tout cela, à l'état presque latent encore, grâce au fatalisme musulman, peut, dans un temps indéterminé, au premier jour, éclater sous forme d'une violente effervescence. Évidemment, ces gens-là ne saisissent pas plus les conséquences d'une mer saharienne qu'ils n'en comprennent les moyens d'adduction. Ils n'y voient qu'une œuvre de sorciers pouvant amener un épouvantable cataclysme. »

Le commandant n'apprenait là rien de nouveau à ses invités. Le capitaine Hardigan n'ignorait pas que l'expédition rencontrerait mauvais accueil parmi les tribus du Djerid. Mais la question était de savoir si la surexcitation des esprits était telle que l'on dût redouter quelque prochain soulèvement parmi les habitants de la région du Rharsa et du Melrir.

« Tout ce que je puis répondre à ce sujet, déclara le commandant, c'est que les Touareg et autres nomades, à part quelques agressions isolées, n'ont pas jusqu'ici sérieusement menacé le canal. D'après ce que nous pouvons savoir, beaucoup d'entre eux attribuaient ces travaux à l'inspiration de Cheytan, le diable musulman, et se disaient qu'une puissance supérieure à la sienne viendrait y mettre bon ordre. Et puis, comment connaître les idées précises de ces gens si dissimulés ? Peut-être attendent-ils pour tenter des pillages plus fructueux ou quelque coup de force

que les travaux soient repris et que les ouvriers embauchés
par la Société nouvelle soient revenus !

— Et quel coup de force ? demanda M. de Schaller.

— Ne pourraient-ils donc, monsieur l'Ingénieur, se réunir à
plusieurs milliers et essayer d'obstruer le canal sur une partie
de son parcours, de rejeter dans son lit le sable des berges,
d'empêcher sur un seul point, à force de bras, le passage des
eaux du golfe ? »

Et M. de Schaller de répondre :

« Ils auraient plus de peine à le combler que nos prédéces-
seurs n'en ont eu à le creuser, et, en fin de compte, ils n'y réus-
siraient pas sur une bien grande largeur.

— Ce n'est pas toujours le temps qui leur manquerait ! fit
observer le commandant. Ne dit-on pas qu'une dizaine d'années
seront nécessaires pour le remplissage des chotts ?

— Non, commandant, non, affirma l'ingénieur. J'ai déjà
exprimé mon opinion à cet égard, et elle ne repose pas sur des
données fausses, mais sur des calculs exacts. Avec l'aide d'un
grand travail de main d'homme, et surtout le concours de puissantes machines, comme celles que nous possédons aujourd'hui,
ce n'est pas dix ans, ce n'est même pas cinq ans qu'exigera
l'inondation du Rharsa et du Melrir. Les eaux sauront à la fois
élargir et approfondir le lit qui leur fut ouvert. Qui sait même si
Tozeur, bien que distant du chott de quelques kilomètres, ne
sera pas port de mer un jour et relié avec La Hammâ sur le
Rharsa ? Et c'est ce qui explique même la nécessité de certains
travaux de défense auxquels j'ai dû songer, comme aux avant-
projets de ports, au nord comme au sud, qui sont un des buts
importants de ce voyage. »

Étant donné l'esprit méthodique et sérieux de M. de Schaller, il
y avait lieu de croire qu'il ne s'abandonnait pas à de chimériques
espérances.

Le capitaine Hardigan posa alors quelques questions relatives au chef touareg qui s'était évadé du bordj de Gabès. Sa présence avait-elle été signalée aux environs de l'oasis? Avait-on des nouvelles de la tribu a laquelle il appartenait? Les indigènes du Djerid savaient-ils actuellement que Hadjar eût recouvré sa liberté? N'y avait-il pas lieu de se demander s'il ne chercherait pas à soulever des Arabes contre le projet de la mer Saharienne?

« Sur ces questions, répondit l'officier qui commandait la place, je ne puis vous renseigner avec quelque certitude, que la nouvelle de l'évasion de Hadjar ait été connue dans l'oasis, nul doute, et elle y a fait autant de bruit que sa capture, à laquelle vous avez pris part, capitaine. Mais si l'on ne m'a pas rapporté que ce chef ait été vu aux environs de Tozeur, du moins ai-je appris que toute une bande de Touareg se dirigeait vers la partie du canal qui réunit le chott Rharsa au chott Melrir.

— Vous avez des raisons de croire à l'exactitude de cette nouvelle? demanda le capitaine Hardigan.

— Oui, capitaine, parce que je la tiens d'un de ces individus qui sont restés dans le pays où ils avaient travaillé et qui se disent ou se croient des surveillants ou des gardes des travaux, et espèrent ainsi, sans doute, se créer quelques titres à la bienveillance de l'administration.

— Travaux en somme achevés, ajouta M. de Schaller, mais dont la surveillance devrait être très active. Si les Touareg tentent quelque agression contre le canal, c'est sur ce point plus particulièrement qu'ils porteront leurs efforts.

— Et pourquoi? interrogea le commandant.

— Parce que l'inondation du Rharsa les surexcite moins que l'inondation du Melrir. Ce premier chott ne renferme aucune oasis de quelque valeur, tandis qu'il n'en est pas ainsi du second, où des oasis très importantes doivent disparaître sous les eaux de la nouvelle mer. Il faut donc s'attendre à des attaques, précisément contre le second canal, qui met en communication les deux chotts. Aussi est-il nécessaire de prendre des mesures militaires en prévision d'agressions possibles.

— Quoi qu'il en soit, fit alors le lieutenant Villette, notre petite troupe aura à se tenir sur le qui-vive, après avoir parcouru le Rharsa.

— Et elle n'y manquera pas, déclara le capitaine Hardigan. Nous avons une première fois pris ce Hadjar, nous saurons bien le capturer une seconde, et le mieux garder qu'on ne l'a fait à Gabès, en attendant qu'un Conseil de Guerre en ait à tout jamais débarrassé le pays.

— C'est à souhaiter, et le plus tôt possible, ajouta le commandant, car ce Hadjar a une grande influence sur les tribus nomades et il pourrait soulever tout le Djerid. En tout cas, un des avantages de la mer nouvelle sera de faire disparaître du Melrir quelques-uns de ces repaires de malfaiteurs ! »

Mais non tous, car, dans ce vaste chott, d'après les nivellements du capitaine Roudaire, se rencontraient diverses zones, telles l'Hinguiz et sa principale bourgade de Zenfig, que les eaux ne devaient pas recouvrir.

La distance qui sépare Tozeur de Nefta est de vingt-cinq kilomètres environ et l'ingénieur comptait employer deux journées à la franchir, en campant la nuit prochaine sur une des rives du canal. Dans cette section, dont le tracé n'était pas conforme à celui de Roudaire, et amenait la transformation de la région de Tozeur et de Nefta, à la grande satisfaction de leurs habitants, en une sorte de presqu'île entre le Djerid et le Rharsa, le travail était entièrement terminé et, là encore, tout était en bon état.

La petite troupe quitta Tozeur dès le matin du 1ᵉʳ avril par un temps incertain qui, sous des latitudes moins élevées, eût provoqué d'abondantes averses. Mais, en cette portion de la Tunisie, de telles pluies n'étaient point à craindre, et les nuages, très élevés, tempéreraient certainement l'ardeur du soleil.

On suivit d'abord les berges de l'oued Berkouk, en traversant plusieurs bras sur des ponts dont les débris de monuments antiques avaient fourni les matériaux.

D'interminables plaines, d'un jaune grisâtre, s'étendaient vers l'ouest, où l'on eût vainement cherché abri contre les rayons solaires heureusement très adoucis. Pendant les deux étapes de cette première journée, on ne rencontra, au milieu de ce terrain sablonneux, que cette maigre graminée à longues feuilles nommée « driss » par les indigènes, et dont les chameaux se montrent très friands, ce qui est de grande ressource pour les kafila du Djerid.

Aucun incident n'interrompit la marche entre le lever et le coucher du soleil, et la tranquillité du campement ne fut point troublée jusqu'au jour. Quelques bandes d'Arabes se montrèrent à grande distance de la rive nord du canal, remontant vers les montagnes de l'Aurès. Mais elles n'inquiétèrent pas le capitaine Hardigan, qui ne chercha pas à se mettre en communication avec elles.

Le lendemain, 2 avril, la marche sur Nefta fut reprise dans les mêmes conditions que la veille, temps couvert, chaleur supportable. Toutefois, aux approches de l'oasis, le pays se transformait peu à peu, et le sol devenait moins stérile. La plaine verdoyait avec les nombreuses tiges d'alfa, entre lesquelles sinuaient de petits oueds. Les armoises réapparaissaient aussi, et des haies de nopals se dessinaient sur les plateaux, où certaines nappes de fleurs bleu pâle, statices et liserons, charmaient le regard. Puis les bouquets d'arbres se succédèrent sur le bord des cours d'eau, oliviers et figuiers, et enfin des forêts d'acacias à gomme se massèrent à l'horizon.

La faune de cette contrée ne comptait guère que des antilopes qui s'enfuyaient par bandes avec une telle vitesse, qu'elles disparaissaient en quelques instants. Va-d'l'avant lui-même, quoi qu'en pensât son maître, n'aurait pu les forcer à la course. Quant à Coupe-à-cœur, il se contentait d'aboyer rageusement lorsque

AUX APPROCHES DE L'OASIS LE PAYS SE TRANSFORMAIT. (Page 98.)

quelques singes-magots, assez nombreux dans la région des chotts, gambadaient entre les arbres. On apercevait aussi des buffles et des mouflons à manchettes qu'il eût été inutile de poursuivre, puisque le ravitaillement devait se faire à Nefta.

Les fauves les plus communs en cette partie du Djerid sont les lions, dont les attaques sont très à redouter. Mais, depuis les travaux du canal, ils avaient été peu à peu refoulés vers la frontière algérienne, et aussi dans les régions voisines du Melrir.

Toutefois, si une attaque de fauves n'était pas à craindre, ce ne fut pas sans peine qu'hommes et bêtes eurent à se préserver contre les scorpions et les serpents à sifflet — najas des naturalistes — qui pullulaient aux approches du Rharsa. Du reste, l'abondance des reptiles est telle que certaines régions ne sont point habitables, et, entre autres, le Djerid Toldja, qui a dû être abandonné des Arabes. Au cam... 'u soir, près d'un bois de tamarins, M. de Schaller et se... ons ne purent reposer sans avoir pris les plus minutieu... ations. Et l'on admettra que le maréchal des logis-che... ne dormit que d'un œil, tandis que Va-d'l avant dormait des deux yeux. Il est vrai, Coupe-à-cœur veillait, lui, et eût signalé tout rampement suspect, qui eût menacé le cheval ou son maître.

Bref, il ne se produisit aucun accident p... 'ant cette nuit, et les tentes furent levées dès l'aube. La direction, suivie par le capitaine Hardigan, était toujours celle du sud-ouest, dont le canal ne s'écartait pas depuis Tozeur. Au kilomètre 207, il remontait vers le nord, et, à partir de ce coude, ce serait sur le méridien que cheminerait la petite troupe, en quittant Nefta, où elle arriva ce jour même dans l'après-midi.

Peut-être la longueur du canal eût-elle été réduite d'une quinzaine de kilomètres, s'il eût été possible de rejoindre le Rharsa sur un point de sa limite orientale dans la direction de Tozeur. Mais les difficultés d'exécution eussent été grandes. Avant d'atteindre le chott de ce côté, il aurait fallu creuser un sol excessivement dur où la roche dominait. C'eût été pour le moins plus long et plus coûteux qu'en certaines parties du seuil de Gabès, et une cote de trente à trente-cinq mètres au-dessus du niveau de la mer aurait imposé un travail considérable. C'est pour cette raison qu'après une étude approfondie de cette région les ingénieurs de la Compagnie franco-orientale avaient renoncé au premier tracé pour en adopter un nouveau partant du kilomètre 207 à l'ouest de Nefta. De ce point il prenait la direction du nord. Cette troisième et dernière section du premier canal avait été menée à bonne fin sur une très grande largeur, en profitant de nombreuses dépressions et atteignait le Rharsa au fond d'une sorte de crique qui se trouvait à une des cotes les plus basses de ce chott, presque au milieu de sa bordure méridionale.

L'intention de M. de Schaller, d'accord avec le capitaine Hardigan, n'était point de s'arrêter à Nefta jusqu'au surlendemain. Il leur suffirait d'y avoir passé les dernières heures de l'après-midi et la nuit prochaine pour reposer et ravitailler le détachement. D'ailleurs, hommes et chevaux n'avaient pu être fatigués pendant ce parcours de cent quatre-vingt-dix kilomètres à vol d'oiseau, effectué depuis le départ de Gabès, entre le 17 mars et le 3 avril. Il leur serait même facile d'enlever dans la journée du lendemain la distance qui les séparait encore du chott Rharsa où l'ingénieur tenait à arriver à la date précise qu'il avait fixée.

L'oasis de Nefta, au point de vue du pays, de la nature du sol, des productions végétales, ne diffère pas sensiblement de l'oasis de Tozeur. Même amoncellement d'habitations au milieu des arbres, même disposition de la kasbah, même occupation militaire. Mais l'oasis est moins peuplée, et ne comptait pas alors plus de huit mille habitants.

Français et indigènes firent très bon accueil à la petite troupe du capitaine Hardigan et s'empressèrent de la loger du mieux possible. A cela il y avait quelques raisons d'intérêt personnel, et on ne saurait s'en étonner grâce au nouveau tracé. Le commerce de Nefta allait largement bénéficier de ce passage du canal à proximité de l'oasis. Tout le trafic qu'elle aurait perdu,

PONT SUR L'OUED A NEFTA. Cliché Soler (Tunis).

si, au delà de Tozeur, il se fût dirigé vers le chott, lui reviendrait. C'était presque comme si Nefta était à la veille de devenir ville riveraine de la nouvelle mer. Aussi les félicitations des habitants ne furent-elles pas épargnées à l'ingénieur de la Société française de la mer Saharienne.

Cependant, malgré les instances faites dans le but de retenir l'expédition, ne fût-ce que vingt-quatre heures, le départ fut maintenu pour le lendemain au lever du soleil. Le capitaine Hardigan était toujours inquiet, par suite des nouvelles qu'il recueillait de la surexcitation des indigènes aux environs du Melrir, auquel aboutissait le second canal, et il lui tardait d'avoir achevé cette partie de son voyage d'exploration.

Le soleil n'avait pas encore paru au-dessus de l'horizon, lorsque, les hommes rassemblés, les chevaux et les chariots prêts, le signal du départ fut donné. La douzaine de kilomètres que mesure le canal depuis Nefta jusqu'au coude était franchie dans la première étape, et la distance du coude au Rharsa dans la seconde.

Aucun incident pendant la route, et il était environ six heures du soir lorsque le capitaine Hardigan fit halte au fond de la crique où le canal complètement achevé débouchait sur le chott

VIII

LE CHOTT RHARSA

Le campement, cette nuit du 4 au 5 avril, fut établi au pied des dunes, d'un relief assez accusé, qui encadraient le fond de la crique. L'endroit ne présentait aucun abri. Les derniers arbres de cette région désolée avaient été dépassés par la petite troupe à trois ou quatre kilomètres de là, entre Nefta et le chott. C'était le désert sablonneux où s'ébauchaient à peine quelques traces de végétation, le Sahara dans toute son aridité.

Les tentes avaient été dressées. Les chariots, ravitaillés à Nefta, assuraient pour plusieurs jours la nourriture des hommes et des chevaux. D'ailleurs, en contournant le Rharsa, l'ingénieur s'arrêterait dans les oasis, assez nombreuses sur ses bords, où le fourrage frais se rencontrerait en abondance, et qu'on eût vainement cherchées à l'intérieur du chott.

C'est ce que M. de Schaller expliquait au capitaine Hardigan et au lieutenant Villette, alors réunis sous la même tente, avant de prendre leur part du repas que se préparait à servir M. François. Un plan du Rharsa, déposé sur la table, permettait d'en reconnaître la configuration. Ce chott, dont la limite méridionale s'écarte peu du trente-quatrième parallèle, s'arrondit vers le nord à travers la région que bordent les montagnes d'Aurès, aux approches de la bourgade de Chebika. Sa plus grande longueur, mesurée précisément sur ce trente-quatrième degré de latitude, se chiffre par soixante kilomètres, mais sa superficie submersible ne couvre que treize cents kilomètres carrés, soit, comme le dit l'ingénieur, de trois à quatre mille fois l'étendue du Champ de Mars à Paris.

« Eh, fit observer le lieutenant Villette, ce qui est énorme pour un Champ de Mars, paraît bien médiocre pour une mer.

— Sans doute, lieutenant, répondit M. de Schaller, mais, si vous y ajoutez la superficie du Melrir, soit six mille kilomètres carrés, cela donne sept cent vingt mille hectares à la mer Saharienne. Et, d'ailleurs, il est très possible, avec le temps, et sous l'action d'un travail neptunien, qu'elle finisse par embrasser les sebkha Djerid et Fedjedj.

— Je vois, mon cher ami, reprit le capitaine Hardigan, que vous comptez toujours sur cette éventualité. L'avenir la réserve-t-elle ?

— Qui peut lire dans l'avenir ? répondit M. de Schaller. Notre planète, ce n'est pas douteux, a vu des choses plus extraordinaires, et je ne vous cache pas que cette idée, sans m'obséder, m'absorbe quelquefois. Vous avez sûrement entendu parler d'un continent disparu qui s'appelle *Atlantide,* eh bien ! ce n'est pas une mer saharienne qui passe aujourd'hui dessus, c'est l'Océan Atlantique lui-même, et sous des latitudes parfaitement déterminées, et les exemples de ces sortes de cataclysmes ne manquent pas, dans des proportions moindres, il est vrai, voyez ce qui s'est passé dans l'Insulinde au XIXᵉ siècle, lors de la terrible éruption du Krakatoa, aussi, pourquoi ce qui s'est produit hier ne saurait-il se reproduire demain ?

— L'avenir, c'est la grande boîte à surprises de l'humanité, répondit en riant le lieutenant Villette.

— Juste, mon cher lieutenant, affirma l'ingénieur, et quand elle sera vide…

— Eh bien, le monde finira », conclut le capitaine Hardigan.

Puis, posant son doigt sur le plan, là où aboutissait le premier canal, long de deux cent vingt-sept kilomètres.

« Est-ce qu'un port ne doit pas être créé à cet endroit ? demanda-t-il

— La même, sur les bords de cette crique, répondit M. de Schaller, et tout indique qu'il deviendra l'un des plus fréquentés de la mer Saharienne. Des plans sont étudiés, et, assurément, maisons et magasins, entrepôts et bordj seront construits pour l'époque où le Rharsa sera devenu navigable. Au surplus, à l'extrémité orientale du chott, la bourgade La Hammâ se transformait déjà en prévision de l'importance maritime et commerciale qu'elle comptait prendre lors du premier tracé et que lui assurera probablement, malgré le changement, sa position de port avancé de Gafsa. »

Devenir un port marchand au cœur même du Djerid, cette bourgade dont l'ingénieur montrait l'emplacement sur la carte à l'extrémité du Rharsa, c'était un rêve qui jadis eût paru irréalisable. Et, cependant, le génie de l'homme allait en faire une réalité. Elle n'aurait à regretter qu'une chose, c'était que le premier canal n'eût pu déboucher à sa porte. Mais on connaît les raisons pour lesquelles les ingénieurs avaient dû rejoindre le chott au fond de cette crique, qui portait actuellement le nom de crique Roudaire, en attendant que ce fût celui d'un nouveau port, sans doute le plus considérable de la mer Saharienne.

Le capitaine Hardigan demanda alors à M. de Schaller si son intention était de conduire l'expédition à travers le Rharsa sur toute sa longueur.

« Non, répondit l'ingénieur, ce sont les bords du chott que je dois visiter ; j'espère retrouver peut-être là un matériel précieux et qui pourra nous être utile, soit ici, soit ailleurs, puisqu'il est à pied d'œuvre, bien qu'il soit certainement inférieur au matériel actuel, mais, celui-ci, il faudra le faire venir.

— Est-ce que les caravanes ne traversaient pas le chott de préférence ? interrogea le lieutenant Villette.

— Et le traversent encore, mon cher lieutenant, bien que ce soit une route assez dangereuse sur un sol peu ferme, mais elle est plus courte et même moins difficile qu'un cheminement le long des rives encombrées de dunes. C'est pourtant celui que nous effectuerons dans la direction de l'ouest jusqu'au point où commence le second canal ; puis, au retour, après avoir relevé les limites du Melrir, nous pourrons cotoyer la limite septentrionale du Rharsa et regagnerons Gabès plus rapidement que nous n'en sommes venus. »

Tel était le plan adopté, et, après la reconnaissance des deux canaux, l'ingénieur aurait contourné tout le périmètre de la nouvelle mer.

Le lendemain, M. de Schaller et les deux officiers prirent la tête du détachement. Coupe-à-cœur gambadait en avant, faisant lever des bandes d'étourneaux qui s'enfuyaient avec un morne froufrou d'ailes. On suivait la base intérieure des hautes dunes qui formaient le cadre du chott. Ce n'était pas de ce côté que, d'après certaines appréhensions, la nappe liquide aurait pu s'étendre en dépassant les bords de la dépression. Ses rives élevées, à peu près semblables au bourrelet du seuil de Gabès, étaient de nature à ne point céder à la pression des eaux, et il y avait toute sécurité pour cette partie méridionale du Djerid.

Le campement avait été levé dès les premières heures du jour. La marche se reconstitua dans l'ordre habituel. Le parcours quotidien ne devait point être modifié et garderait sa moyenne de douze à quinze kilomètres en deux étapes.

Ce que M. de Schaller voulait surtout vérifier, c'était le littoral qui allait encaisser les eaux de la nouvelle mer, et s'il n'était pas à craindre que, franchissant son cadre, celle-ci n'envahît les régions voisines. Aussi la petite troupe suivait-elle la base des dunes sablonneuses qui se succédaient le long du chott, en direction de l'ouest. Il semblait bien, d'ailleurs, que l'homme n'avait pas eu à modifier l'œuvre de la nature à ce point de vue. Que le Rharsa autrefois eût été lac ou non, il était disposé pour l'être, et les eaux du golfe de Gabès, que lui amènerait le premier canal, seraient strictement contenues dans les limites prévues.

Cependant, tout en faisant route, il était possible d'observer la dépression sur une vaste étendue. La surface de cette aride cuvette du Rharsa, sous les rayons du soleil, miroitait comme si elle eût été doublée d'une feuille d'argent, de cristal ou de camphre. Les yeux ne pouvaient en soutenir l'éclat et il fallait les préserver au moyen de verres fumés pour éviter les ophtalmies si fréquentes sous l'ardeur de la lumière saharienne. Les officiers et leurs hommes s'en étaient munis à cette intention. Le maréchef Nicol avait même fait acquisition de fortes besicles pour son cheval. Mais il ne paraissait pas que cela eût convenu à Va-d'l'avant de porter lunettes. C'était quelque peu ridicule, et Coupe-à-cœur, derrière cet appareil optique, ne reconnaissait plus la figure de son camarade. Aussi Va-d'l'avant ni aucun des chevaux n'étaient-ils pourvus de ces préservatifs, indispensables à leurs maîtres.

Du reste, le chott présentait bien l'aspect de ces lacs salins, qui se dessèchent l'été sous l'action des chaleurs tropicales. Mais une partie de la couche liquide, entraînée sous les sables, rejette les gaz qui la chargent, et le sol se hérisse de boursouflures qui le font ressembler à un champ semé de taupinières; quant au fond de ce chott, l'ingénieur fit remarquer aux deux officiers qu'il se composait de sable rouge quartzeux mélangé de sulfate et de carbonate de chaux. Cette couche se recouvrait d'efflorescences formées de sulfate de soude et de chlorure de sodium, véritable croûte de sel. D'ailleurs, le terrain pliocène où se rencontrent les chotts et les sebkha fournit par lui-même le gypse et le sel en abondance.

Il est bon de noter qu'à cette époque de l'année le Rharsa ne s'était pas vidé de toutes les eaux que les oueds y amènent l'hiver. En s'éloignant parfois des ghourd, c'est-à-dire des dunes encaissantes, les chevaux s'arrêtaient sur le bord de bas-fonds emplis d'un liquide stagnant.

De loin, le capitaine Hardigan aurait pu croire qu'un détachement de cavaliers arabes allait et venait encore à travers ces désertes bassures du chott, mais à l'approche de ses hommes toute la troupe s'enfuyait, non point au grand galop, mais à tire-d'aile.

Il n'y avait là qu'une bande de flamants bleus et roses, dont le plumage rappelait les couleurs d'un uniforme, et, si rapidement que Coupe-à-cœur se mit à leur poursuite, il ne parvenait pas à rejoindre ces magnifiques représentants de la famille des échassiers.

En même temps, quelles myriades d'oiseaux il faisait lever de toutes parts, et quels cris traversaient l'espace à l'envolement des boa-habibis, ces assourdissants moineaux du Djerid !

Cependant, à suivre les contours du Rharsa, le détachement trouverait sans peine des lieux de campement qu'il n'eût pas rencontrés au centre de la dépression. C'est pour cette raison que ce chott était presque entièrement inondable, tandis que certaines parties du Melrir, ayant une cote positive, émergeraient encore après l'introduction des eaux méditerranéennes. On allait donc d'oasis en oasis plus ou moins habitées, destinées à devenir des « marsâ, » c'est-à-dire ports ou calanques de la nouvelle mer. On les désigne sous le nom de « toua » en langue berbère, et en ces oasis le sol reprend toute sa fertilité, les arbres, palmiers et autres reparaissent en grand nombre, les pâturages n'y manquent point, de telle sorte que Va-d'l'avant et ses camarades n'avaient point à se plaindre de la rareté des fourrages. Mais, ces oasis aussitôt dépassées, brusquement le sol reprenait son aridité naturelle. Aux « mourdj » herbeux succédait soudain le « reg » qui est un sol plat composé de gravier et de sable.

Toutefois, il y a lieu de l'observer, la reconnaissance de cette limite méridionale du Rharsa s'effectuait sans grandes fatigues

LE CHOTT RHARSA

Il est vrai, lorsque aucun nuage ne tempérait les ardeurs du soleil, la chaleur éprouvait fortement les hommes et les chevaux, au pied de ces dunes. Mais, enfin, des officiers algériens, des spahis ont déjà l'accoutumance de ces brûlants climats, et, en ce qui concerne M. de Schaller, c'était aussi un Africain bronzé par le soleil et les explorations, et c'est précisément ce qui l'avait désigné pour prendre la direction des travaux définitifs de la mer Saharienne.

Quant aux dangers, ils n'auraient pu provenir que d'un cheminement à travers les « hofra » du chott, qui sont les dépressions les plus accusées où le sol est mouvant et n'offre aucun appui solide, mais, sur le parcours que suivait l'expédition, ces enlèvements étaient peu à craindre.

« C'est qu'ils sont très sérieux ces dangers, répétait l'ingénieur, et, pendant le creusement du canal à travers les sebkha tunisiennes, on a eu maintes occasions de le constater.

— En effet, ajouta le capitaine Hardigan, c'est une des difficultés que prévoyait déjà M. Roudaire, pour le nivellement du Rharsa et du Melrir. Ne raconte-t-il pas qu'il enfonçait parfois jusqu'au genou dans le sable salé ?

— Et il n'a dit que la vérité, affirma M. de Schaller. Ces bas-fonds sont parsemés de trous auxquels les Arabes donnent le nom d' « œils de mer », et dont les sondes ne peuvent atteindre le fond. Aussi des accidents sont-ils toujours à redouter. Lors d'une reconnaissance de M. Roudaire, un des cavaliers et son cheval s'engloutirent dans une de ces crevasses, et, même en ajustant vingt baguettes de leurs fusils les unes aux autres, ses camarades ne parvinrent pas à l'en retirer.

— Donc, prenons nos précautions, recommanda le capitaine Hardigan, on ne saurait être trop prudent. Mes hommes ont défense de s'écarter des dunes, à moins que nous n'ayons bien constaté l'état du sol. Et même j'ai toujours la crainte que ce diable de Coupe-à-cœur, qui court à tort, c'est le cas de le dire, et à travers la sebkha, ne vienne à disparaître subitement Nicol ne parvient pas à le retenir.

— Si pareil malheur arrivait à son chien, déclara le lieutenant Villette, quel chagrin il en éprouverait !

— Et Va-d'l'avant, ajouta le capitaine, je suis sûr qu'il en mourrait de douleur !

— C'est du reste une bien singulière amitié qui existe entre ces deux braves animaux, observa l'ingénieur.

— Très singulière, dit le lieutenant Villette. Au moins, Oreste et Pylade, Nisus et Euryale, Damon et Pithias, Achille et Patrocle, Alexandre et Ephestion, Hercule et Pirithoüs étaient-ils de même race, tandis qu'un cheval et un chien…

— Et un homme, pouvez-vous ajouter, lieutenant, conclut le capitaine Hardigan, car Nicol, Va-d'l'avant et Coupe-à-cœur forment un groupe d'amis inséparables, dans lequel l'homme entre pour un tiers et les bêtes pour deux ! »

Ce qu'avait dit l'ingénieur relativement aux dangers du sol mouvant des chotts n'était point exagéré. Et cependant les caravanes passaient de préférence par la contrée du Melrir, du Rharsa et du Fedjedj. Cette route abrégeait leur parcours, et les voyageurs y trouvaient un chemin plus facile en terrain plat. Mais elles ne le faisaient pas sans l'assistance de guides qui connaissaient parfaitement ces parties lacustres du Djerid et savaient éviter les dangereuses fondrières.

Depuis son départ de Gabès, le détachement n'avait pas encore rencontré une de ces kafila qui transportent les marchandises, les produits du sol, ou produits manufacturés depuis Biskra jusqu'au littoral de la Petite-Syrte, et dont le passage est toujours impatiemment attendu à Nefta, à Gafsa, à Tozeur, à La Hammâ, dans toutes ces villes et bourgades de la basse Tunisie. Mais, pendant la journée du 9 avril, l'après-midi, il prit contact avec une caravane. Voici en quelles circonstances.

Il était environ trois heures. Après sa première étape de la journée, le capitaine Hardigan et ses hommes s'étaient remis en marche sous un soleil brûlant. Ils se dirigeaient vers l'extrême courbure que dessine le Rharsa, quelques kilomètres plus loin, à son extrémité occidentale. Le sol remontait sensiblement alors, le relief des dunes s'accusait plus fortement et ce n'est pas de ce côté que le cadre du chott pourrait jamais être forcé par les nouvelles eaux.

En s'élevant, on parcourait du regard un plus large secteur dans le sens du nord et de l'ouest. La dépression étincelait sous les rayons solaires. Chaque gravier de ce sol salin devenait un point lumineux. Sur la gauche, prenait naissance le second canal qui mettait en communication le Rharsa et le Melrir.

L'ingénieur, les deux officiers avaient mis pied à terre. L'escorte les suivait en tirant les chevaux par le bridon.

A un instant où tous s'étaient arrêtés sur un plateau de la dune, voici que le lieutenant Villette dit, en tendant la main :

« Il me semble bien apercevoir une troupe en mouvement dans le fond du chott.

— Une troupe ou un troupeau, répondit le capitaine Hardigan.

— Il est difficile de se prononcer, étant donnée la distance », ajouta M. de Schaller.

Le certain, c'est que de ce côté, à trois ou quatre kilomètres environ, un épais nuage de poussière se déroulait à la surface du Rharsa. Peut-être n'était-ce là qu'une bande de ruminants en marche vers le nord du Djerid.

Au surplus, le chien donnait des signes non équivoques, sinon d'inquiétude, du moins d'attention, et le marchef de lui crier :

« Allons, Coupe-à-cœur, du nez et des oreilles. Qu'est-ce qu'il y a là-bas ? »

L'animal aboya violemment, les pattes raidies, la queue battante, et fut sur le point de s'élancer à travers le chott.

« Tout beau, tout beau ! » fit Nicol en le retenant près de lui.

Le mouvement qui se produisait au milieu de ce tourbillon devenait plus fort à mesure que les volutes de poussière se rapprochaient. Mais il était difficile d'en déterminer la cause. Quelque vif que fût leur regard, ni M. de Schaller, ni les officiers, ni personne du détachement n'aurait pu affirmer si cette agitation provenait d'une caravane en marche ou d'un troupeau fuyant quelque danger à travers cette partie du chott.

Deux ou trois minutes plus tard, il n'existait aucune incertitude sur ce point. Des éclairs jaillissaient du nuage et des détonations éclataient, dont les fumées se mêlaient au tourbillon de poussière.

En même temps, Coupe-à-cœur, que son maître ne put arrêter, lui échappa, aboyant avec fureur.

« Des coups de feu ! s'écria le lieutenant Villette.

— Sans doute, quelque caravane qui se défend contre une attaque de fauves, dit l'ingénieur.

— Ou plutôt contre des pillards, reprit le lieutenant, car les détonations semblent se répondre.

— En selle ! » commanda le capitaine Hardigan.

Un instant après les spahis, contournant le bord du Rharsa, se dirigeaient vers le théâtre de la lutte.

Peut-être y avait-il imprudence, ou tout au moins témérité, à engager les quelques hommes de l'escorte dans cette affaire dont on ne connaissait pas la cause. Probablement une bande de ces pillards du Djerid, qui pouvait être nombreuse. Mais le capitaine Hardigan et son détachement n'en étaient pas à regarder au danger. Si, comme il y avait lieu de le supposer, des Touareg ou autres nomades de la région attaquaient une kafila, il était de l'honneur d'un soldat de courir à son secours. Aussi, tous, enlevant leurs chevaux, précédés du chien que Nicol ne cherchait plus à rappeler, abandonnant la lisière des dunes, s'élancèrent-ils à travers le chott.

La distance, on l'a dit, ne paraissait pas mesurer plus de trois kilomètres, et les deux tiers furent franchis en dix minutes. Les

LES GENS DE LA CARAVANE TENTÈRENT UNE RÉSISTANCE... (Page 115.)

coups de feu continuaient à partir de droite et de gauche au milieu de volutes de fumée et de poussière. Toutefois, le tourbillon commençait à se dissiper, sous le souffle d'une brise du sud-est, qui se levait.

Le capitaine Hardigan put se rendre compte alors de la nature de cette lutte si violemment engagée.

C'était bien, comme on n'allait pas tarder à l'apprendre, une caravane dont le cheminement venait d'être interrompu en cette partie du chott. Cinq jours avant, elle quittait l'oasis de Zeribet, au nord du Melrir, se dirigeant vers Tozeur, d'où elle gagnerait Gabès. Une vingtaine d'Arabes en formaient le personnel conduisant une centaine de chameaux de toute taille.

Ils allaient ainsi, pressant les étapes, les bêtes devant avec leurs charges de dattes, en sacs. Eux, les chameliers, marchaient derrière, répétant le cri que l'un d'eux poussait d'une voix rauque pour exciter les animaux.

La caravane, dont le voyage s'était jusqu'alors effectué dans de bonnes conditions, venait d'atteindre l'extrémité ouest du Rharsa, qu'elle s'apprêtait à traverser dans toute sa longueur sous la conduite d'un guide très expérimenté. Par malheur, dès qu'elle se fut engagée sur les premières pentes du « reg », une soixantaine de cavaliers surgirent soudain de derrière les dunes.

C'était une bande de pillards qui devait avoir facilement raison du personnel de la kafila. Ils mettraient les chameliers en fuite, ils les massacreraient au besoin, ils s'empareraient des bêtes et de leur charge, ils les pousseraient vers quelque lointaine oasis du Djerid, et sans doute cette agression demeurerait impunie, comme tant d'autres, vu l'impossibilité d'en découvrir les auteurs.

Les gens de la caravane tentèrent une résistance qui ne pouvait réussir. Armés de fusils et de pistolets, ils firent usage de leurs armes. Les assaillants, plus nombreux, tirèrent alors, et la kafila, après dix minutes de lutte, finit par se disperser, les animaux, pris de peur, s'enfuyant en toutes directions.

C'était un peu avant que les détonations avaient été entendues du capitaine Hardigan. Mais sa petite troupe fut aperçue, et les pillards, voyant ces cavaliers venir au secours de la kafila, s'arrêtèrent.

A ce moment, d'une voix forte, le capitaine Hardigan avait crié :

UNE KAFILA DANS LE DJERID. — (Photographie de M. Brichard.)

« En avant !.. »

Les carabines étaient en état. Du dos des spahis elles passèrent à leur main et à leur épaule, et tous fondirent comme une trombe sur les bandits.

Quant au convoi, il avait été laissé en arrière sous la garde des conducteurs, et on le rejoindrait après avoir dégagé la caravane.

Les pillards n'attendirent pas le choc. Ne se sentirent-ils pas la force ou plutôt le courage de tenir tête à ce peloton d'uniforme connu, qui s'avançait si audacieusement à leur rencontre ?

Obéirent-ils à une autre impulsion que celle de la peur? Toujours est-il qu'avant que le capitaine Hardigan et ses hommes fussent à portée, ils s'étaient enfuis dans la direction du nord-ouest.

Cependant l'ordre de faire feu fut donné, et quelques vingtaines de coups éclatèrent, qui atteignirent plusieurs des fugitifs, mais non assez grièvement pour les arrêter.

Touareg. — (Photographie du lieutenant Rouss.)

Toutefois, le marchef tint à constater avec fierté que Coupe-à-cœur avait reçu le baptême du feu, car il l'avait vu secouer la tête de droite et de gauche, et conclut qu'une balle lui avait sifflé aux oreilles.

Le capitaine Hardigan ne jugea pas opportun de poursuivre les assaillants, emportés de toute la vitesse de leurs chevaux. D'ailleurs, ils n'avaient pas tardé à disparaître derrière le rideau d'un « tell », colline boisée qui se dressait à l'horizon. En ce pays qu'ils connaissaient bien, ils auraient aisément regagné quelque retraite, où il eût été difficile de les rejoindre. Ils ne reviendraient pas, sans doute, et la caravane n'avait plus à craindre de les retrouver en se dirigeant vers l'est du Rharsa.

Mais le secours était arrivé à temps et, quelques minutes plus tard, les chameaux fussent tombés entre les mains de ces pirates du désert.

L'ingénieur, interrogeant alors le chef de la kafila, apprit comment les choses s'étaient passées, et dans quelles conditions ses chameliers et lui avaient été attaqués.

« Et, demanda le capitaine Hardigan, savez-vous à quelle tribu appartient cette bande ?

— Notre guide assure que ce sont des Touareg, répondit le chef.

— On prétendait, reprit l'ingénieur, que les Touareg avaient abandonné peu à peu les oasis de l'ouest pour gagner l'est du Djerid.

— Oh ! tant qu'il y aura des caravanes qui le traverseront, il ne manquera pas de pillards pour les attaquer, observa le lieutenant Villette.

— Éventualité qui ne sera plus à craindre après l'inondation des chotts », déclara M. de Schaller.

Et alors le capitaine Hardigan de demander au chef si l'on avait entendu parler dans le pays de l'évasion de Hadjar.

« Oui, capitaine, et voilà déjà quelques jours que ce bruit s'est répandu.

— On ne dit pas s'il a été signalé aux environs du Rharsa ou du Melrir ?

— Non, capitaine.

— Et ce n'était pas lui qui commandait cette bande ?

— Je puis l'affirmer, répliqua le guide, car je le connais, et je l'aurais reconnu. Que ces pillards soient de ceux qu'il commandait autrefois, c'est bien possible, et, sans votre arrivée, capitaine, nous étions volés, massacrés jusqu'au dernier peut-être !

— Mais, reprit l'ingénieur, vous allez pouvoir sans danger continuer votre route ?

LE CHOTT RHARSA

— Je le pense, répondit le chef. Ces coquins auront regagné quelque bourgade de l'ouest, et dans trois ou quatre jours nous serons à l'ozeur. »

Le chef rassembla alors tout son monde. Les chameaux qui s'étaient dispersés revenaient déjà à leur rang, la caravane se reconstitua, n'ayant pas perdu un seul homme, avec quelques blessés et encore peu grièvement, qui pouvaient continuer la route. Puis, après avoir une dernière fois remercié le capitaine Hardigan et ses compagnons, le chef donna le signal du départ. Toute la kafila se remit en marche.

En quelques minutes, hommes et bêtes eurent disparu au tournant d'un « tarf », pointe sablonneuse qui s'allongeait sur le chott, et les cris du chef de la kafila, pressant les chameliers, se perdaient, peu à peu, dans l'éloignement.

Lorsque l'ingénieur et les deux officiers se trouvèrent réunis, après cette algarade qui pouvait être grosse de conséquences, ils se communiquèrent leurs impressions, sinon leurs soucis qu'un incident venait de faire naître, et ce fut M. de Schaller qui prit le premier la parole.

« Voici donc que Hadjar a reparu dans le pays ! dit l'ingénieur.

— On devait s'y attendre, répondit le capitaine, et il est à désirer qu'on ait achevé d'inonder les chotts le plus tôt possible ! C'est le seul moyen d'en finir avec ces malfaiteurs du Djerid !

— Par malheur, fit observer le lieutenant Villette, quelques années se passeront avant que les eaux du golfe aient rempli le Rharsa et le Melrir.

— Qui sait ? » prononça M. de Schaller.

Pendant la nuit suivante, le campement ne fut point troublé par les Touareg qui ne reparurent pas aux environs.

Dans l'après-midi du lendemain, 10 avril, le détachement fit halte à l'endroit où commençait le second canal qui réunissait les deux chotts.

IX

LE SECOND CANAL

Le second canal, reliant le Rharsa et le Melrir au chott Djerid, avait une longueur environ trois fois moindre que celle du premier. D'autre part, tandis que le relief du sol entre Gabès et le Rharsa présentait des cotes depuis quarante-six jusqu'à quinze mètres, il ne dépassait pas dix mètres entre les deux derniers chotts, au seuil d'Asloudje.

Il importe de noter aussi que, outre le Rharsa et le Melrir, il existait des dépressions longues de quelques kilomètres, dont la principale était le chott d'El Asloudje, et qui avaient été utilisées pour la percée du canal.

Le creusement du second canal avait donc demandé moins de temps que celui du premier, et présenté moins de difficultés également. Aussi ne fut-il entrepris que plus tard. Les travaux définitifs pouvant être repris, avec la province de Constantine comme base d'opération et de ravitaillement, il avait été convenu, avant le départ de Gabès, que M. de Schaller trouverait sur le Melrir, à la fin du deuxième canal, sous la conduite d'un agent très compétent des Ponts et Chaussées, un chantier occupé par des hommes qui, après le trajet en chemin de fer jusqu'à Biskra et en caravane le long de la Farfaria, se mettraient en communication avec lui sitôt installés en cet endroit.

Les travaux une fois reconnus, M. de Schaller n'aurait plus qu'à suivre les contours du chott pour revenir à son point de départ, et son inspection serait terminée.

Deux hommes blottis derrière d'épaisses touffes de driss... (Page 123.)

Lorsque le détachement atteignit la fin du Rharsa, l'ingénieur fut très surpris de ne trouver en cet endroit aucun des ouvriers, arabes ou autres, envoyés de Biskra par la Société.

Qu'avait-il pu se passer? Cela ne laissait pas d'être un peu inquiétant, surtout à la suite de l'attaque de la caravane et de la réapparition de Hadjar.

Y avait-il eu changement de programme, sans que l'ingénieur

pût être prévenu à temps, ou changement de direction décidé à la dernière heure ? »

M. de Schaller demeurait songeur, lorsque le capitaine Hardigan l'interrogea :

« Est-ce que les travaux de cette section n'étaient point achevés ?

— Mais si, répondit M. de Schaller, et, d'après les rapports connus, le creusement des seuils entre les parties inondables a dû être poussé, avec la pente nécessaire, jusqu'au Melrir dont l'ensemble est au-dessous du niveau de la mer.

— Pourquoi vous étonner que des ouvriers ne soient pas là ?

— Parce que le conducteur des travaux devait avoir envoyé, depuis quelques jours déjà, plusieurs de ses hommes au-devant de moi, et que, en réfléchissant, je ne vois aucune raison pour qu'ils aient été retardés à Biskra ou au Melrir.

— Alors, comment expliquez-vous cette absence ?

— Je ne me l'explique pas, avoua l'ingénieur, à moins que quelque incident ne les ait maintenus au chantier principal qui se trouve à l'autre extrémité du canal.

— Eh bien, nous serons fixés bientôt, fit le capitaine Hardigan.

— N'importe, vous me voyez ennuyé et, en même temps, très préoccupé de ne point rencontrer ici les gens dont j'avais besoin et dont l'absence contrarie mes projets.

— Tandis qu'on prépare le campement, proposa le capitaine Hardigan, voulez-vous aller un peu plus loin ?

— Volontiers », répondit M. de Schaller.

Le maréchal des logis-chef fut appelé. Il reçut ordre d'organiser la halte pour la nuit près d'un massif de palmiers à l'orée du canal. L'herbe verdissait à l'abri des arbres. Un petit ruisseau courait à leur pied. Ni l'eau, ni le pâturage ne manquaient, et, quant aux provisions fraîches, elles seraient aisément renouvelées à une oasis des bords de l'Asloudje.

Nicol exécuta immédiatement les ordres de son capitaine et

les spahis prirent les mesures habituelles aux campements organisés dans ces conditions

M. de Schaller et les deux officiers, profitant de la dernière heure du jour, suivirent la berge du nord, qu'ils comptaient longer pendant un kilomètre

Cette excursion permit a l'ingénieur de reconnaître que la tranchée était entièrement terminée sur ce point et l'ensemble des travaux en aussi bon état qu'il s'y attendait. Le fond des tranchées entre les chotts offrait un passage facile aux eaux qu'y déverserait le Rharsa, lorsqu'il aurait reçu celles du golfe, et la pente était conforme aux plans des ingénieurs

M. de Schaller et ses compagnons ne prolongèrent pas leur promenade au dela d'un kilomètre. D'ailleurs, aussi loin que put porter le regard en direction d'El Asloudje, cette portion du canal était déserte. C'est pourquoi, voulant être rentrés avant la nuit, l'ingénieur, le capitaine Hardigan et le lieutenant Villette reprirent le chemin du campement.

La, une tente était montée. M. François les y servit avec sa correction habituelle. On prit les précautions pour la garde de nuit, et il n'y avait plus qu'à chercher dans un bon sommeil des forces pour les étapes du lendemain

Cependant, si, au cours de leur excursion, M. de Schaller et les deux officiers n'avaient aperçu personne, si cette partie du second canal leur avait paru déserte, elle ne l'était pas. Que l'équipe ne fût plus la, à ce sujet aucun doute, et l'ingénieur n'y avait point relevé trace d'une main-d'œuvre récente

Or, les officiers et lui avaient été vus par deux hommes blottis derrière d'épaisses touffes de driss dans une brèche des dunes

Assurément, si Coupe-à-cœur eût été là, il eût dépisté ces deux hommes. Ceux-ci avaient eu grand soin de ne point se montrer. Ils observèrent a moins de cinquante pas le passage de ces trois étrangers qui longeaient la berge. Ils les revirent alors qu'ils revenaient sur leurs pas. Ce fut seulement dès les premières ombres du crépuscule qu'ils se hasardèrent à se rapprocher du campement.

Sans doute, à leur approche, Coupe-à-cœur donna bien quelques signes d'éveil et grogna sourdement. Mais le maréchal des logis-chef le calma, après avoir jeté un coup d'œil au dehors, et le chien vint se recoucher près de son maître.

Tout d'abord, ces indigènes s'étaient arrêtés sur la lisière du petit bois. A huit heures, il faisait déjà sombre, car le crépuscule est de courte durée sous cette latitude. Nul doute qu'ils n'eussent tous deux l'intention d'observer de plus près ce détachement en halte à l'entrée du second canal. Qu'était-il venu faire, et qui le commandait ?

Que ces cavaliers appartinssent à un régiment de spahis, ils le savaient, ayant aperçu les deux officiers pendant leur excursion en compagnie de l'ingénieur. Mais combien d'hommes comptait ce détachement, quel matériel escortait-il vers le Melrir ? C'était là précisément ce qu'ils voulaient reconnaître.

Les deux indigènes franchirent donc la lisière, rampèrent entre les herbes, gagnèrent d'un arbre à l'autre. Au milieu de l'obscurité, ils purent apercevoir les tentes dressées à l'entrée du bois et les chevaux couchés sur le pâturage.

C'est à ce moment que les grognements du chien les mirent en éveil, et ils retournèrent vers les dunes, sans que leur présence eût été soupçonnée au campement.

Alors, n'ayant plus la crainte d'être entendus, ils échangèrent ces demandes et ces réponses :

« Ainsi, c'est bien lui, ce capitaine Hardigan ?

— Oui ! celui-là même qui avait fait prisonnier Hadjar.

— Et aussi l'officier qui était sous ses ordres ?

— Son lieutenant. Je les ai reconnus.

— Comme ils t'auraient reconnu, sans doute.

— Mais toi, ils ne t'ont jamais rencontré ?

— Jamais

— Bien ! peut-être sera-t-il possible. Il se présente là une occasion dont il faut profiter qui ne se retrouverait pas.

— Et si ce capitaine et ce lieutenant tombent entre les mains de Hadjar ?

— Ils ne s'échapperont pas, eux, comme Hadjar s'est échappé du bordj.

— Ils étaient trois seulement quand nous les avons aperçus, reprit l'un des indigènes.

— Oui, mais ceux qui sont campés là-bas ne sont pas bien nombreux, répondit l'autre.

— Quel était ce troisième ? Ce n'est pas un officier.

— Non, quelque ingénieur de leur compagnie maudite ! Il sera venu là avec son escorte pour visiter encore les travaux du canal avant qu'il ne soit rempli par les eaux. Ils se dirigent vers le Melrir, et lorsqu'ils seront arrivés au chott, lorsqu'ils verront...

— Qu'ils ne peuvent plus l'inonder, s'écria le plus violent de ces deux hommes, et qu'elle ne se fera pas, leur mer Saharienne, ils s'arrêteront, ils n'iront pas plus loin, et alors quelque centaine des fidèles Touareg...

— Mais comment les prévenir pour qu'ils viennent à temps ?

— L'oasis de Zenfig n'est qu'à une vingtaine de lieues, et si le détachement s'arrête au Melrir, et si l'on peut l'y retenir quelques jours...

— Ce n'est pas impossible, surtout maintenant qu'ils n'auront pas de raison d'aller plus loin.

— Et s'ils attendent là que les eaux du golfe se répandent à travers le chott, ils pourront creuser leur tombe en cet endroit, car ils seront tous morts avant qu'elles n'y arrivent ! Viens, Harrig, viens !

— Oui, je te suis, Sohar ! »

Ces hommes étaient les deux Touareg qui avaient pris part à l'évasion de Hadjar. Harrig, qui avait combiné l'affaire avec le mercanti de Gabès, Sohar, le propre frère du chef touareg. Ils quittèrent alors la place et disparurent rapidement dans la direction du Melrir.

Le lendemain, une heure après le lever du soleil, le capitaine Hardigan donna le signal du départ. Les chevaux harnachés, les hommes se mirent en selle, et la petite troupe suivit dans l'ordre accoutumé la berge nord du canal.

M. François, rasé de frais et de près, occupait sa place habituelle à l'avant du convoi, et, comme le brigadier Pistache, à cheval, se tenait près de lui, tous deux causaient volontiers de choses et autres.

« Eh bien, cela va-t-il, monsieur François? demandait Pistache de ce ton de bonne humeur qui lui était habituel.

— A merveille, répondit le digne domestique de M. de Schaller.

— Cette excursion ne vous cause pas trop d'ennuis ni de fatigues?

— Non, brigadier, ce n'est qu'une promenade à travers un pays curieux.

— Ce chott sera bien changé, après l'inondation.

— Bien changé, en effet », répondit M. François d'une voix mesurée et doctorale.

Car ce n'était pas cet homme minutieux et méthodique qui eût mangé ses mots.

Il les goûtait et les suçait au contraire comme fait un gourmet d'une fine pastille.

« Et quand je pense, reprit Pistache, que là où nos chevaux marchent, nageront des poissons, navigueront des bateaux.

— Oui, brigadier, des poissons de toutes sortes, et des marsouins, et des dauphins, et des requins.

— Et des baleines, ajouta Pistache.

— Non je ne le crois pas, brigadier, sans doute, il n'y aurait pas assez d'eau pour elles.

— Oh ! monsieur François, d'après ce que nous disait notre marchef, vingt mètres de profondeur au Rharsa et vingt-cinq au Melrir !

— Pas partout, brigadier, et il faut de l'eau à ces géants du monde sous-marin pour qu'ils puissent prendre leurs ébats et souffler à leur aise !

— Ça souffle fort, monsieur François ?

— A remplir les souffleries d'un haut fourneau ou les orgues de toutes les cathédrales de France ! »

Et si monsieur François fut satisfait de sa réponse si péremptoire, qui ne laissa pas d'étonner un peu ce brave Pistache, on l'admettra sans peine.

Puis il reprit, décrivant avec la main le périmètre de la nouvelle mer :

« Et je vois déjà cette mer intérieure sillonnée de steamers ou de voiliers se livrant au grand et au petit cabotage, allant de port en port, et savez-vous quel serait mon plus vif désir, brigadier ? »

— Exprimez-le, monsieur François.

— Ce serait d'être à bord du premier bâtiment qui cinglera à travers les eaux nouvelles de ces anciens chotts algériens ! Et je compte un peu que M. l'ingénieur aura pris passage sur ce navire, et que je ferai avec lui le tour de cette mer, créée de nos propres mains. »

En vérité, le digne M. François n'était pas éloigné de croire qu'il était quelque peu le collaborateur de son maître, dans cette création future de la mer Saharienne.

En somme — et c'est sur ce vœu que le brigadier Pistache acheva cette intéressante conversation, — puisque l'expédition avait si bien commencé, il était permis d'espérer qu'elle finirait de même.

En se maintenant à l'allure habituelle, — deux étapes par jour, chacune de sept à huit kilomètres, — M. de Schaller comptait atteindre sous peu l'extrémité du second canal. Dès que le détachement serait arrivé au bord du Melrir, la décision serait prise de le contourner soit par la rive du nord, soit par la rive du sud. Peu importait, au surplus, puisque le projet de l'ingénieur comprenait une reconnaissance de tout son périmètre.

La première partie du canal put être franchie dans cette étape. La section partant du Rharsa pour aboutir à la petite dépression connue sous le nom d'El Asloudje entre des dunes hautes de sept à dix mètres.

Mais, avant d'atteindre le Melrir, il y avait à traverser ou à longer une certaine quantité de petits chotts qui s'échelonnaient en tous sens et fournissaient une ligne presque continue de dépressions moins profondes, entre des berges peu élevées, et que l'arrivée des eaux de la Méditerranée devait nécessairement submerger. De là, d'une tranchée à une autre, la nécessité d'un balisage, propre à indiquer leur route dans ces chotts aux bateaux de toutes sortes qui ne tarderaient pas à se montrer sur cette mer nouvelle créée par la science et la volonté des hommes. N'en avait-on pas fait autant, lors du percement du canal de Suez, dans la traversée des lacs amers, où la direction des navires ne serait pas possible sans ces indications précises ?

Là encore, tout était bien avancé, l'action de puissantes machines avait creusé des tranchées profondes, jusqu'au Melrir. Que ne pourrait-on tenter demain, si la nécessité s'en faisait sentir, avec les machines actuelles, dragues gigantesques, perforateurs auxquels rien ne peut résister, transporteurs à déblais roulant sur des voies ferrées improvisées, enfin tout ce matériel formidable dont ne pouvaient se douter le commandant Roudaire et ses successeurs, et que les inventeurs et constructeurs avaient imaginés et construits, au cours des années qui s'étaient écoulées entre le commencement d'exécution du projet Roudaire,

LA RÉGION ÉTAIT DÉSERTE. (Page 132.)

celui plus avancé de la Compagnie Franco-étrangère, abandonné par celle-ci, comme on sait, et la reprise de l'affaire par la Société française de la mer Saharienne, sous la direction de M. de Schaller.

Tout ce qui avait été fait jusqu'alors était demeuré en assez bon état, selon les prévisions de l'ingénieur, qui les avait si éloquemment exposées, dans sa conférence de Gabès, en parlant des qualités essentielles de conservation de ce climat africain qui semble respecter jusqu'aux ruines ensevelies sous les sables, et exhumées il n'y a pas si longtemps. Mais, autour de ces travaux de canalisation presque, sinon tout à fait achevés, la solitude complète! Où régnait naguère le mouvement d'une foule d'ouvriers, rien que le morne silence des espaces dépeuplés, où ne se rencontrait aucun être humain, et où seuls les travaux abandonnés attestaient que l'activité, la persévérance et l'énergie humaines avaient passé par là et donné momentanément à ces régions solitaires une apparence de vie.

C'était donc une inspection dans la solitude que M. de Schaller accomplissait, avant de mener à bonne fin de nouveaux et, il avait tout lieu de le croire, définitifs projets. Cependant cette solitude, à ce moment même, était plus inquiétante, et l'ingénieur éprouvait une véritable déconvenue en ne voyant venir à sa rencontre aucun des hommes de l'équipe de Biskra, ainsi qu'il avait été convenu.

La déception était cruelle, mais, en y réfléchissant, M. de Schaller se disait qu'on ne se rend pas de Biskra au Rharsa comme de Paris à Saint-Cloud et que, dans une route aussi longue, un incident quelconque avait pu se produire, dérangeant les prévisions des calculs et modifiant les horaires. Et encore non, ce n'était pas possible, puisque l'agent lui avait télégraphié à Gabès, de Biskra, que tout s'était bien passé jusqu'à cette dernière ville et conformément aux instructions fournies à Paris même. C'était donc dans le trajet, peut-être dans la région marècageuse souvent inondée et mal connue de la Farfaria, entre Biskra et la région du Melrir où il allait bientôt arriver, que quelque chose d'inattendu avait dû arrêter en route ceux qu'il y croyait trouver. Une fois lancé dans le champ des hypothèses, on n'en sort pas. L'une succède à l'autre avec une continuité obsédante, et elles travaillaient, en ce moment, l'imagination de M. de Schaller, sans lui fournir la moindre explication à peu près plausible ou même vraisemblable. Insensiblement, sa surprise et sa déconvenue se changeaient en réelle inquiétude, et la fin de l'étape arriva sans modifier sa physionomie morose. Aussi le capitaine Hardigan jugea-t-il prudent d'éclairer la route.

Par son ordre, le maréchal des logis-chef dut se porter, avec quelques cavaliers, à un ou deux kilomètres de chaque côté du canal, tandis que le reste du détachement continuait sa marche.

La région était déserte ou, plus exactement, il semblait qu'elle eût été récemment désertée. A la fin de la seconde étape, le détachement fit halte pour la nuit, à l'extrémité du petit chott. L'endroit était absolument dénudé, aucune oasis à proximité. Jusqu'ici, jamais les campements n'avaient été établis dans des conditions aussi insuffisantes. Pas d'arbres, pas de pâturages. Rien que ce reg où le sable se mêle au gravier, sans aucune pointe de verdure à l'affleurement du sol. Mais le convoi portait assez de fourrage pour assurer la nourriture des montures. D'ailleurs, sur les bords du Melrir, la petite troupe, allant d'oasis en oasis, trouverait aisément à se ravitailler.

Heureusement, à défaut d'oueds, plusieurs « ras » ou sources coulaient, auxquelles hommes et bêtes purent se désaltérer, on aurait cru qu'ils allaient les épuiser, tant avait été dévorante la chaleur de cette journée.

La nuit fut tranquille, très claire aussi, une nuit de pleine lune, sous un ciel fourmillant d'étoiles, comme toujours, les approches avaient été surveillées. D'ailleurs, en terrain découvert, ni Sohar, ni Harrig n'auraient pu rôder autour du campement sans être aperçus. Ils ne s'y fussent point exposés, et il entrait dans leur projet, sans doute, que l'ingénieur, le capitaine Hardigan et ses spahis fussent engagés plus avant dans la partie algérienne des chotts.

Le lendemain, dès la première heure, le campement fut levé. M. de Schaller avait grande hâte d'atteindre l'extrémité du canal. Là était ouverte la tranchée qui amènerait les eaux du golfe de Gabès au chott Melrir.

Mais, toujours pas de trace de l'équipe partie de Biskra, et dont l'absence restait un mystère. Que lui était-il advenu? M. de Schaller se perdait en suppositions. Arrivé au lieu de la rencontre strictement fixé, il n'y trouvait aucun de ceux qu'il attendait, et dont l'absence lui paraissait grosse de menaces.

« Il s'est évidemment passé quelque chose de grave! ne cessait-il de répéter.

— Je le crains, avouait à son tour le capitaine Hardigan. Tâchons d'arriver au Melrir avant la nuit. »

La halte de midi fut courte. On ne dételà point les chariots, on ne débrida pas les chevaux, — le temps seulement de prendre quelque nourriture. On aurait tout loisir de se reposer après cette dernière étape.

Bref, le détachement fit telle diligence, sans avoir jamais rencontré personne sur sa route, que, vers quatre heures du soir, apparurent les hauteurs qui encadrent le chott de ce côté. Sur la droite, au kilomètre 347, se trouvait le dernier chantier de la Compagnie à la fin des travaux, puis à partir de ce point il n'y avait plus que la traversée du chott Melrir et de son entrée, le chott Sellem, pour retrouver les côtes élevées.

Ainsi que l'observa le lieutenant Villette, pas une fumée ne s'élevait à l'horizon, et aucun bruit ne se faisait entendre.

Les chevaux furent vigoureusement poussés, et, comme le chien prenait les devants, Nicol ne put empêcher son cheval de se lancer sur les traces de Coupe-à-cœur.

D'ailleurs, tous prirent le galop, et ce fut au milieu d'un nuage de poussière que les spahis firent halte au débouché du canal. La, pas plus qu'au Rharsa, aucune trace de l'arrivée de l'équipe qui devait venir de Biskra, et quelles furent la surprise, la stupéfaction de l'ingénieur et de ses compagnons, en voyant le chantier bouleversé, la tranchée comblée en partie, tout passage fermé par un barrage de sable, et, par conséquent, l'impossibilité matérielle, pour les eaux, de se déverser dans les profondeurs du Melrir, sans une réorganisation complète des travaux sur ce point !

X

AU KILOMÈTRE 347

Il avait été question d'appeler Roudaire-Ville le point où aboutissait le second canal sur le Melrir. Puis, comme le canal, en somme, avait pour terminus réel le bord occidental du chott Melrir, on avait pensé à remplacer son nom de ce côté par celui du Président de la Compagnie Franco-étrangère, et à réserver celui de Roudaire pour le port à établir du côté de Mraier ou de Sefil, en connection avec le Transsaharien ou une ligne ferrée s'y rattachant. Enfin, comme son nom avait été donné à la crique du Rharsa, l'habitude s'était conservée d'appeler ce point le kilomètre 347.

De cette tranchée de la dernière section, il ne restait plus vestige. Les sables y étaient amoncelés dans toute sa largeur et sur une étendue de plus de cent mètres. Que le creusement n'eût pas été entièrement terminé en cet endroit, c'était admissible. Mais, à cette époque, — et M. de Schaller ne l'ignorait point, — c'est tout au plus si un bourrelet de médiocre épaisseur aurait dû barrer l'extrémité du canal, et quelques jours auraient suffi pour l'éventrer. Évidemment des troupes de nomades endoctrinées, fanatisées, avaient passé par là et avaient ravagé et détruit, en une journée peut-être, ce que le temps avait si bien épargné.

Immobile sur un étroit plateau qui dominait le canal à sa jonction avec le chott, muet, les deux officiers près de lui, tandis que le détachement stationnait au pied de la dune, l'ingénieur, ne pouvant en croire ses yeux, contemplait mélancoliquement tout ce désastre.

« Il ne manque pas de nomades dans le pays qui ont pu faire le coup, dit le capitaine Hardigan, que ce soient des tribus soulevées par leurs chefs, des Touareg ou autres venus des oasis du Melrir ! Ces détrousseurs de caravanes, enragés contre la mer Saharienne, se sont certainement portés en masse contre le chantier du kilomètre 347. Il aurait fallu que la contrée fût jour et nuit surveillée par les Maghzen, pour empêcher les agressions des nomades. »

Ces Maghzen, dont parlait le capitaine Hardigan, forment un complément de l'armée régulière d'Afrique. Ce sont des spahis et des zambas chargés de la police intérieure et des répressions sommaires. On les choisit parmi les hommes intelligents et de bonne volonté, qui, pour une raison quelconque, ne tiennent pas à rester dans leur tribu. Le burnous bleu est leur signe distinctif, tandis que les cheiks ont le burnous brun et que le burnous rouge appartient à l'uniforme des spahis et est aussi l'insigne d'investiture des grands chefs. On trouve des escouades de Maghzen dans les bourgades importantes du Djerid. Mais c'est tout un régiment qui aurait dû être organisé pour se transporter d'une section à l'autre pendant la durée des travaux, en prévision d'un soulèvement possible des indigènes, dont on connaissait les sentiments hostiles. Lorsque la nouvelle mer serait en exploitation, lorsque des navires sillonneraient les chotts inondés, ces hostilités seraient moins à craindre. Mais, jusque-là, il importait que le pays fût soumis à une surveillance rigoureuse. Les attaques dont ce terminus du canal venait d'être l'objet pourraient se produire ailleurs, si l'autorité militaire n'y apportait bon ordre.

En ce moment, l'ingénieur et les deux officiers tenaient conseil. Que devaient-ils faire ? En premier lieu, se mettre à la recherche des hommes composant l'équipe venue du Nord. Comment s'y prendre ? De quel côté diriger les recherches ? C'était, cependant, d'une importance capitale, il fallait, disait M. de Schaller, les retrouver d'abord, si possible, et sans retard, car, dans ces circonstances, leur absence au rendez-vous devenait de plus en plus inquiétante, et après on verrait. En ramenant ces hommes, ouvriers et contre-maîtres, les dégâts seraient réparables en temps opportun, du moins il le croyait.

« A la condition de les protéger, dit le capitaine Hardigan, et ce n'est pas avec mes quelques spahis que je pourrais accomplir cette besogne : veiller sur eux, en admettant qu'on les retrouve, et les préserver contre de grosses bandes de pillards !

— Aussi, mon capitaine, dit le lieutenant Villette, nous faut-il absolument du renfort, et l'aller quérir au plus près.

— Et le plus près, ce serait Biskra », déclara le capitaine Hardigan.

En effet, cette ville est située dans le nord-ouest du Melrir, à l'entrée du grand désert et de la plaine du Ziban. Elle appartient à la province de Constantine depuis 1845, époque à laquelle les Algériens l'occupèrent. Longtemps le point le plus avancé dans le Sahara que possédât la France, elle comptait quelques milliers d'habitants et un bureau militaire. Sa garnison pourrait donc fournir, provisoirement du moins, un contingent qui, joint aux quelques spahis du capitaine Hardigan, serait à même de protéger efficacement les ouvriers, si l'on parvenait à les ramener au chantier.

Donc, en faisant diligence, quelques jours suffiraient pour gagner Biskra, beaucoup plus rapprochée que Tozeur et à égale distance de Nefta. Mais ces deux localités n'auraient pu fournir les mêmes renforts que Biskra et, d'ailleurs, en prenant ce parti, on avait la chance de rencontrer Pointar.

« Eh, fit observer l'ingénieur, à quoi servirait de défendre les travaux si les bras manquent pour les rétablir ? Ce qu'il importerait, c'est de savoir dans quelles conditions les ouvriers ont été dispersés et où ils se sont réfugiés en fuyant Goléah.

— Sans doute, ajouta le lieutenant Villette, mais ici personne pour nous renseigner ! Peut-être, en battant la campagne, retrouverions-nous quelques indigènes qui pourraient, s'ils le voulaient, nous fournir des renseignements.

— En tout cas, reprit le capitaine Hardigan, il ne s'agit plus de continuer la reconnaissance du Melrir, il faut décider si nous irons à Biskra ou si nous retournerons à Gabès. »

M. de Schaller se montrait fort perplexe. Une éventualité se présentait qui n'avait pu être prévue, et, ce qui s'imposait et dans le délai le plus court, c'était la réfection du canal, et les mesures à prendre pour le mettre à l'abri de toute nouvelle attaque. Mais, comment songer à cela, avant de se mettre à la recherche du personnel ouvrier, dont l'absence l'avait si vivement ému dès son arrivée au deuxième canal !

Quant à la raison qui avait poussé les indigènes de cette région à bouleverser les travaux, nul doute que ce ne fût le mécontentement provoqué par la prochaine inondation des chotts algériens. Et qui sait s'il n'en résulterait pas un soulèvement général des tribus du Djerid, et si la sécurité serait jamais assurée sur ce parcours de quatre cents kilomètres entre le fond du Melrir et le seuil de Gabès ?

« Dans tous les cas, dit alors le capitaine Hardigan, et quelque parti que nous prenions, campons en cet endroit, et demain on se remettra en route. »

Il n'y avait rien de mieux à faire. Après une étape assez fatigante sous un ciel de feu, la halte s'imposait jusqu'au matin. Ordre fut donc donné de dresser les tentes, de disposer le convoi, de laisser liberté aux chevaux à travers le pâturage de l'oasis, en se gardant comme d'habitude. Il ne semblait pas, d'ailleurs, que le détachement fût menacé de quelque danger. L'attaque du chantier devait remonter à plusieurs jours. En somme, l'oasis de Goléah et ses environs paraissaient absolument déserts.

Tandis que l'ingénieur et les deux officiers s'entretenaient à ce sujet, ainsi que cela vient d'être dit, le maréchal des logis-chef et deux spahis s'étaient dirigés vers l'intérieur de l'oasis. Coupe-à-cœur accompagnait son maître. Il allait, furetant du nez sous les herbes, et son attention ne semblait pas éveillée, lorsque, soudain, il s'arrêta, redressa la tête, dans l'attitude d'un chien qui tombe en arrêt.

Était-ce quelque gibier courant à travers le bois et que Coupe-à-cœur avait senti ? Quelque fauve, lion ou panthère, prêt à bondir ?

Le maréchal des logis-chef ne s'y trompa pas. A la façon d'aboyer de l'intelligent animal, il comprenait ce que celui-ci voulait dire.

« Il y a quelques rôdeurs par là, déclara-t-il, et si l'on pouvait en pincer un ! »

Coupe-à-cœur allait s'élancer, mais son maître le retint. Si un indigène venait de ce côté, il ne fallait pas le mettre en fuite. Il avait dû, d'ailleurs, entendre les aboiements du chien, et peut-être ne cherchait-il pas à se cacher.

Nicol ne tarda point à être fixé sur ce point. Un homme, un Arabe s'avançait entre les arbres, observant à droite, à gauche, sans s'inquiéter d'être vu ou non. Et, dès qu'il aperçut les trois hommes, il alla vers eux d'un pas tranquille.

C'était un indigène, âgé de trente à trente-cinq ans, vêtu comme ces ouvriers de la basse Algérie, embauchés ici ou là, au hasard des travaux, ou au temps des moissons, et Nicol se dit que de cette rencontre son capitaine pourrait peut-être tirer profit. Il était bien décidé à lui amener cet indigène de gré ou de force, lorsque celui-ci, le devançant, demanda :

« Il y a des Français par ici ?

— Oui, un détachement de spahis, répondit le maréchal des logis-chef.

— Conduisez-moi au commandant ! » se contenta de dire l'Arabe.

Nicol, précédé de Coupe-à-cœur, qui poussait quelques sourds grognements, revint donc sur la lisière de l'oasis. Les deux spahis marchaient derrière. Mais l'indigène ne manifestait aucune intention de s'enfuir.

Dès qu'il eut franchi le dernier rang d'arbres, il fut aperçu du lieutenant Villette, qui s'écria :

« Enfin... quelqu'un ! »

— Tiens ! dit le capitaine, ce chanceux de Nicol a fait une bonne rencontre.

— En effet, ajouta M. de Schaller, et peut-être cet homme pourra-t-il nous apprendre ? »

Un instant après, l'Arabe était en présence de l'ingénieur, et les spahis se formaient en groupe autour de leurs officiers.

Nicol raconta alors dans quelles conditions il avait trouvé cet homme. L'Arabe errait à travers le bois et, dès qu'il avait aperçu le maréchef et ses compagnons, il était venu a eux. Cependant, Nicol crut devoir ajouter que le nouveau venu lui paraissait suspect et qu'il croyait devoir faire part à ses chefs de son impression. Le capitaine procéda immédiatement à l'interrogatoire du survenant volontaire.

« Qui es-tu ? » lui demanda-t-il en français.

Et l'indigène de répondre assez correctement dans la même langue :

« Un originaire de Tozeur.

— Tu te nommes ?

— Mezaki.

— D'où venais-tu ?

— De la-bas, d'El Zeribet. »

Ce nom était celui d'une oasis algérienne située à quarante-cinq kilomètres du chott, sur un oued du même nom.

« Et que venais-tu faire ?

— Voir ce qui se passait par ici.

— Pourquoi ? Étais-tu donc un ouvrier de la Société ? demanda vivement M. de Schaller.

— Oui, autrefois, et depuis de longues années, je gardais les

« Et Pointar, est-il avec eux?.. » (Page 144.)

travaux par ici. Aussi le chef Pointar m'a-t-il pris avec lui dès son arrivée. »

Ainsi s'appelait, en effet, le conducteur des Ponts et Chaussées attaché à la Société qui avait amené l'équipe attendue de Biskra, et dont l'absence inquiétait si vivement l'ingénieur. Enfin, il allait en avoir des nouvelles !

Puis, cet indigène d'ajouter :

« Et je vous connais bien, monsieur l'Ingénieur, car je vous ai vu plus d'une fois, lorsque vous veniez dans la région »

Il n'y avait pas à mettre en doute ce que disait Mezaki, il était un de ces nombreux Arabes que la Compagnie avait employés autrefois au creusement du canal entre le Rharsa et le Melrir et que les agents de la nouvelle Société de la mer Saharienne s'efforçaient soigneusement de recruter. C'était un homme vigoureux, ayant cette physionomie calme, qui est propre à tous ceux de sa race, mais un regard vif, un regard de feu sortait de son œil noir.

« Eh bien où sont tes camarades qui devaient s'installer au chantier ? demanda M. de Schaller.

— Là-bas du côté de Zéribet, répondit l'indigène, en tendant son bras vers le nord. Il y en a une centaine à l'oasis de Gizeb.

— Et pourquoi sont-ils partis ? Est-ce que leur campement a été attaqué ?

— Oui par une bande de Berbères »

Ces indigènes, berbères ou d'origine berbère, occupent le pays de l'Icham, région comprise entre le Touat au nord, Tombouctou au sud, le Niger à l'ouest, le Fezzan à l'est. Leurs tribus sont nombreuses, Arzchers, Ahaggars, Mahingas, Thagimas, presque toujours en lutte avec les Arabes, et principalement les Chaambas algériens, leurs plus grands ennemis.

Mezaki raconta alors ce qui s'était passé, au chantier, une huitaine de jours avant.

Plusieurs centaines de nomades, soulevés par leurs chefs, s'étaient jetés sur les travailleurs au moment de leur arrivée au chantier. De leur métier, conducteurs de caravanes, ils ne pourraient plus l'exercer, lorsque la marine marchande ferait tout le trafic intérieur de l'Algérie et de la Tunisie par la mer Saharienne. De là, accord de ces diverses tribus, devant la reprise des travaux, pour détruire le canal qui devait amener les eaux de la Petite-Syrte. L'équipe de Pointar n'était pas en force pour résister à une attaque inattendue. Presque aussitôt dispersés, les ouvriers ne purent éviter d'être massacrés qu'en gagnant le nord du Djerid. Revenir vers le Rharsa, puis vers les oasis de Nefta ou de Tozeur leur avait paru dangereux, les assaillants pouvant leur en couper la route, et c'était du côté de Zeribet qu'ils avaient cherché refuge. Après leur départ, les pillards et leurs complices avaient détruit le chantier, incendié l'oasis, bouleversé les travaux avec l'aide des nomades, joints à eux pour cette œuvre de destruction. Et, une fois que la tranchée eut été comblée, lorsqu'il ne resta plus rien du talus, lorsque le débouché du canal sur le Melrir eut été entièrement obstrué, les nomades disparurent aussi soudainement qu'ils étaient venus. Assurément, si le second canal, entre le Rharsa et le Melrir n'était pas gardé par des forces suffisantes, il serait exposé à des agressions de ce genre.

« Oui, dit l'ingénieur, lorsque l'Arabe eut achevé son récit, il importe que l'autorité militaire prenne des mesures pour protéger les chantiers à la reprise des travaux. Après, la mer Saharienne saura se défendre toute seule ! »

Le capitaine Hardigan posa alors diverses questions à Mezaki.

« De combien d'hommes était composée cette bande de malandrins ?

— De quatre à cinq cents environ, répondit l'Arabe.

— Et sait-on de quel côté ils se sont retirés ?

— Vers le sud, affirma Mézaki.

— Et l'on ne dit pas que les Touareg aient pris part à cette affaire ?

— Non, des Berbères seulement.

— Le chef Hadjar n'a pas reparu dans le pays ?

— Et comment l'aurait-il pu, répondit Mezaki, puisque voilà trois mois qu'il a été fait prisonnier et qu'il est enfermé dans le bordj de Gabès. »

Ainsi cet indigène ne savait rien de l'évasion de Hadjar, et ce ne serait pas par lui que l'on pourrait apprendre si le fugitif avait été revu dans la région. Mais ce qu'il devait être en mesure de dire, c'était ce qui concernait les ouvriers de Pointar, et, à la question que l'ingénieur lui posa à ce sujet, Mezaki répondit :

« Je le répète, ils se sont enfuis dans le nord, du côté de Zembet.

— Et Pointar, est-il avec eux ? demanda M. de Schaller.

— Il ne les a point quittés, répondit l'indigène, et les contre-maîtres y sont aussi.

— Où, en ce moment ?

— A l'oasis de Gizeb.

— Éloignée ?

— D'une vingtaine de kilomètres du Melrir.

— Et tu pourrais aller les prévenir que nous sommes arrivés au chantier de Goléah avec quelques spahis ? demanda le capitaine Hardigan.

— Je le peux, si vous le voulez, répondit Mezaki, mais, si je vais seul, peut-être le chef Pointar hésitera-t-il.

— Nous allons délibérer, » conclut le capitaine, après avoir fait donner quelque nourriture à l'indigène, qui paraissait avoir grand besoin de manger et de se reposer.

L'ingénieur et les deux officiers conférèrent à l'écart.

Il ne leur parut point qu'il y eût à suspecter la véracité de cet Arabe qui connaissait évidemment Pointar et avait aussi reconnu M. de Schaller. Nul doute qu'il ne fût un des ouvriers embauchés sur la section.

Or, dans les circonstances actuelles, ce qu'il y avait de plus urgent, c'était, on l'a dit, de retrouver Pointar et de réunir les deux expéditions. En outre, le commandant militaire de Biskra, prévenu, serait prié d'envoyer du renfort et on pourrait peut-être remettre les équipes au travail.

« Je le répète, disait l'ingénieur, après l'inondation des chotts, il n'y aura plus rien à craindre. Mais, avant tout, il faut rétablir la tran-

AU KILOMÈTRE 347

chée du canal, et, pour cela, ramener les ouvriers disparus. »
« En résumé, voici à quel parti s'arrêtèrent l'ingénieur et le capitaine Hardigan, en tenant compte des circonstances.

Il n'y avait plus rien à craindre de la bande des Berbères, au dire même de Mézaki, laquelle s'était retirée vers le sud-ouest du Melrir. On ne courait donc plus aucun risque au kilomètre 347 et le mieux serait d'y installer un campement en attendant le retour des ouvriers. Le lieutenant Villette, le maréchal des logis-chef Nicol et tous les hommes disponibles accompagneraient Mézaki jusqu'à l'oasis de Gizeb où le chef Pointar et son équipe se trouvaient actuellement, disait-il. En cette partie de la région, traversée par les caravanes, exposée par la même aux agressions des pillards, ce n'était que prudence. En partant le lendemain dès la pointe du jour, le lieutenant comptait atteindre l'oasis dans la matinée et, en repartant dans l'après-midi, regagner avant la nuit le chantier. Probablement Pointar y reviendrait avec l'officier qui mettrait un cheval à sa disposition. Quant aux ouvriers, ils suivraient par étapes et seraient dans quarante-huit heures rassemblés sur la section, s'ils pouvaient partir le lendemain, et le travail reprendrait aussitôt.

Le voyage d'exploration autour du Melrir était donc momentanément suspendu.

Telles furent les dispositions arrêtées d'un commun accord entre l'ingénieur et le capitaine Hardigan. Mézaki n'y fit aucune objection, approuvant fort l'envoi du lieutenant Villette et des cavaliers à l'oasis de Gizeb. Il assurait que les ouvriers n'hésiteraient pas à revenir au chantier dès qu'ils connaîtraient la présence de l'ingénieur et du capitaine. On verrait, d'ailleurs, s'il ne conviendrait pas d'y appeler un fort détachement de Maghzen de Biskra, qui garderait le chantier jusqu'au jour où les premières eaux du golfe de Gabès inonderaient le Melrir.

XI

UNE EXCURSION DE DOUZE HEURES

A sept heures du matin, le lieutenant Villette et ses hommes quittaient le campement. La journée s'annonçait lourde et chaude, avec menace d'orage, un de ces violents météores qui assaillent souvent les plaines du Djerid. Mais il n'y avait pas de temps à perdre, et M. de Schaller, avec raison, tenait à retrouver Pointar et son personnel.

Il va sans dire que le maréchal montait Va-d l avant, et que Va-d l'avant était accompagné de Coupe-à-cœur.

Au départ, les spahis avaient chargé sur leurs chevaux des vivres pour la journée, et, d'ailleurs, sans pousser jusqu'à Zeribet, à l'oasis de Gizeb la nourriture eut été assurée.

En attendant le retour du lieutenant Villette, l'ingénieur et le capitaine Hardigan commenceraient à organiser le campement avec le concours du brigadier Pistache, de M. François, des quatre spahis ne faisant pas partie de l'escorte du lieutenant Villette et des conducteurs de chariots. Les pâturages de l'oasis étaient abondamment pourvus d'herbe et arrosés par un petit oued qui se déversait dans le chott.

L'excursion du lieutenant Villette ne devait durer qu'une douzaine d'heures. En effet, la distance comprise entre le kilomètre 347 et Gizeb ne dépassait pas vingt kilomètres. Sans trop presser les chevaux, cette distance pourrait être franchie dans la matinée. Puis, après une halte de deux heures, l'après-midi suffirait à ramener le détachement avec Pointar, le chef du chantier

UNE EXCURSION DE DOUZE HEURES

Un cheval avait été donné à Mézaki, et l'on vit qu'il était bon cavalier, comme le sont tous les Arabes. Il trottait en tête, près du lieutenant et du maréchal des logis-chef, en direction du nord-est qu'il prit dès que l'oasis eut été laissée en arrière.

Une longue plaine semée çà et là de maigres bouquets d'arbres, et que sillonnait le ruisseau, s'étendait à perte de vue. C'était bien l'« outtâ » algérienne dans toute son aridité. A peine quelques touffes jaunâtres de drif émergeaient de ce sol surchauffé, où les grains de sable brillaient comme des gemmes sous les rayons du soleil.

Cette portion du Djerid était entièrement déserte. Aucune caravane ne la traversait alors pour gagner quelque importante ville saharienne, Ouargla ou Touggourt sur la limite du désert. Nulle harde de ruminants ne venait se plonger dans les eaux de l'oued. Ce que faisait précisément Coupe-à-cœur, sur lequel Va-d'l'avant jetait des regards d'envie lorsqu'il le voyait bondir tout ruisselant de gouttelettes.

C'était la rive gauche de ce cours d'eau que remontait la petite troupe. Et, à une question posée par l'officier, Mézaki avait répondu :

« Oui, nous suivrons l'oued jusqu'à l'oasis de Gizeb, qu'il traverse dans toute sa longueur.

— Est-ce que cette oasis est habitée ?

— Non, répondit l'indigène. Aussi, en quittant la bourgade de Zeribet, avons-nous dû emporter des vivres, puisqu'il ne restait plus rien au chantier de Goleah.

— Ainsi, dit le lieutenant Villette, l'intention de Pointar, votre chef, était bien de revenir sur la section au rendez-vous donné par l'ingénieur.

— Sans doute, déclara Mézaki, et j'étais venu m'assurer si les Berbères l'avaient ou non abandonnée.

— Tu es certain, alors, que nous retrouverons l'équipe à Gizeb ?

— Oui là où je l'ai laissée, et où il est convenu que Pointar doit m'attendre. En pressant nos chevaux, nous serons arrivés dans deux heures. »

Hâter la marche n'était guère possible par cette accablante chaleur et le maréchal des logis-chef en fit l'observation. Du reste, même à une allure modérée, l'oasis serait atteinte pour midi, et, après un repos de quelques heures, le lieutenant aurait regagné Goléah avant la nuit.

Il est vrai, à mesure que montait le soleil, à travers les buées chaudes de l'horizon, la chaleur devenait de plus en plus intense et les poumons ne respiraient qu'un air embrasé.

« De par tous les diables, mon lieutenant, répétait le maréchal, je ne crois pas avoir jamais eu si chaud depuis que je suis africain ! C'est du feu qu'on respire et l'eau qu'on avalerait se mettrait à vous bouillir dans l'estomac ! Et encore, si, comme Coupe-à-cœur, on pouvait se soulager en tirant la langue ! Le voyez-vous avec sa loque rouge qui lui pend jusqu'au poitrail.

— Faites-en autant, maréchal des logis, répondit en souriant le lieutenant Villette, faites-le, bien que ce ne soit pas d'ordonnance !

— Ouf ! je n'en aurais que plus chaud, répliqua Nicol. Mieux vaudrait fermer la bouche et s'interdire de respirer ! Mais le moyen !

— Certainement, observa le lieutenant, cette journée ne finira pas sans que l'orage ait éclaté.

— Je le pense », répondit Mezaki, lequel, en qualité d'indigène, souffrait moins de ces températures excessives si fréquentes au désert.

Et il ajouta :

« Peut-être serons-nous auparavant à Gizeb. Là on trouvera l'abri de l'oasis et nous pourrons laisser passer l'orage.

— C'est à souhaiter, reprit le lieutenant. A peine si les

gros nuages commencent à déborder dans le nord, et jusqu'ici le vent ne se fait point sentir.

— Eh, mon lieutenant, s'écria le maréchal des logis-chef, ces orages d'Afrique, ça n'a guère besoin de vent, et ça marche tout seul comme les paquebots de Marseille à Tunis ! a croire qu'ils ont une machine dans le ventre ! »

Quelle que fût l'ardeur de la température et quelque fatigue qu'il dût en résulter, le lieutenant Villette pressait la marche. Il avait hâte d'avoir achevé cette étape — une étape de vingt kilomètres, sans arrêt à travers cette plaine sans abri. Il espérait devancer l'orage, qui aurait tout le temps de se déchaîner pendant la halte de Gizeh. Ses spahis s'y reposeraient, ils se referaient avec les provisions emportées dans leur sac-musette. Puis, la grande chaleur méridienne passée, ils se remettraient en route vers quatre heures de l'après-midi, et, avant le crépuscule, ils seraient de retour au campement.

Cependant, les chevaux souffrirent tellement durant cette étape que leurs cavaliers ne purent les maintenir à l'allure du trot. L'air devenait irrespirable sous l'influence de cet orage menaçant. Ces nuages, qui auraient pu voiler le soleil, épais et lourds, ne montaient qu'avec une extrême lenteur, et le lieutenant aurait certainement atteint l'oasis bien avant qu'ils eussent envahi le ciel jusqu'au zénith. Là-bas, derrière l'horizon, ils n'échangeaient pas encore leurs décharges électriques et l'oreille n'entendait point les roulements lointains du tonnerre.

On allait, on allait toujours, et la plaine, brûlée de soleil, restait déserte, comme elle paraissait être sans fin.

« Eh ! l'Arbico, répétait le maréchal des logis-chef, en interpellant le guide, mais on ne l'aperçoit pas ta satanée oasis ? Bien sûr, elle est là-haut, au milieu de ces nuages, et nous ne la verrons qu'au moment où ils crèveront sur nous.

— Tu ne t'es pas trompé de direction ? demanda le lieutenant Villette à Mezaki.

— Non, répondit l'indigène, et l'on ne peut se tromper, puisqu'il n'y a qu'à remonter l'oued jusqu'à Gizeb...

— Nous devrions maintenant l'avoir en vue, puisque rien ne gêne le regard... observa l'officier.

— Voici », se contenta de répondre Mézaki, en tendant la main vers l'horizon.

En effet, quelques massifs se dessinaient alors à la distance d'une lieue. C'étaient les premiers arbres de l'oasis et en un temps de galop la petite troupe en aurait atteint la lisière. Mais demander aux chevaux ce dernier effort, c'était impossible, et Va-d'l'avant lui-même eût mérité d'être appelé « Va-d'l'arrière », quelle que fût son endurance, tant il se traînait lourdement sur le sol.

Aussi était-il près de onze heures lorsque le lieutenant dépassa la lisière de l'oasis.

Ce qui pouvait paraître assez étonnant, c'est que la petite troupe n'eût pas été aperçue, et de loin, sur cette plaine, par le chef de chantier et ses compagnons, lesquels, au dire de Mézaki, devaient l'attendre à Gizeb. Et, comme le lieutenant en faisait la remarque :

« Est-ce qu'ils ne seraient plus là ? répondit l'Arabe, qui feignit tout au moins la surprise.

— Et pourquoi n'y seraient-ils plus ?.. demanda l'officier.

— C'est ce que je ne m'explique pas, déclara Mézaki. Ils y étaient encore hier... Peut-être, après tout, par crainte de l'orage, auront-ils cherché refuge au milieu de l'oasis !.. Mais je saurai bien les y retrouver...

— En attendant, mon lieutenant, dit le maréchal des logis-chef, je crois qu'il sera bon de laisser souffler nos hommes...

— Halte ! » commanda l'officier.

A cent pas de là s'ouvrait une sorte de clairière entourée de hauts palmiers où les chevaux pourraient se refaire. Il n'y avait point à craindre qu'ils voulussent en sortir et, quant à l'eau, elle leur serait abondamment fourni par l'oued qui la limitait sur l'un de ses côtés. De là, il se dirigeait vers le nord-est et contournait l'oasis en direction de Zeribet.

Après s'être occupés de leurs montures, les cavaliers s'occupèrent d'eux-mêmes et prirent leur part du seul repas qu'ils dussent faire à Gizeb.

Entre temps, Mézaki, remontant la rive droite de l'oued, s'était éloigné de quelques centaines de pas en compagnie du maréchal des logis-chef, que devançait Coupe-à-cœur. A en croire l'Arabe, l'équipe de Pointar devait s'être établie dans le voisinage, en attendant son retour.

« Et c'est bien ici que tu as quitté tes camarades ?

— Ici, répondit Mézaki. Nous étions à Gizeb depuis quelques jours et, à moins qu'ils n'aient été forcés de regagner Zeribet ?

— Mille diables ! déclara Nicol, s'il fallait nous trimbaler jusque-là !

— Non, je l'espère, répondit Mézaki, et le chef Pointar ne peut être loin.

— En tout cas, dit le maréchef, revenons au campement. Le lieutenant serait inquiet si notre absence se prolongeait. et allons manger. Après, on parcourra l'oasis et, si l'équipe y est encore, on saura bien mettre la main dessus. »

Puis, s'adressant à son chien :

« Tu ne sens rien, Coupe-à-cœur ? »

L'animal se redressa à la voix de son maître qui répétait

« Cherche. cherche. »

Le chien se contenta de gambader, et rien n'indiquait qu'il fût tombé sur une piste quelconque. Puis, sa gueule s'ouvrit en un long bâillement sur la signification duquel le maréchef ne pouvait se tromper.

« Oui. compris, dit-il, tu meurs de faim, et tu mangerais volontiers un morceau. et moi aussi. J'ai l'estomac dans les talons et je finirais par marcher dessus ! C'est égal, je m'étonne, si Pointar et ses hommes ont campé par ici, que Coupe-à-cœur n'en ait pas retrouvé quelque trace ? »

L'Arabe et lui, redescendant la berge de l'oued, revinrent sur leurs pas. Lorsque le lieutenant Villette fut mis au courant, il ne parut pas moins surpris que ne l'avait été Nicol.

« Mais enfin, demanda-t-il à Mezaki, tu es sûr de ne point avoir fait erreur ?

— Non puisque j'ai suivi, pour venir de ce que vous appelez le kilomètre 347, la même route que j'avais prise pour y aller.

— Et c'est bien ici l'oasis de Gizeb ?

— Oui Gizeb, affirma l'Arabe, et, en longeant l'oued qui descend vers le Melrir, je ne pouvais me tromper.

— Alors où seraient Pointar et son équipe ?

— Dans une autre partie des bois, car je ne comprendrais pas qu'ils fussent retournés à Zeribet.

— Dans une heure, conclut le lieutenant Villette, nous parcourrons l'oasis »

Mezaki alla tirer de sa musette les vivres qu'il avait apportés, puis, s'étant assis à l'écart sur le bord de l'oued, il se mit à manger.

Le lieutenant et le maréchal des logis-chef, tous deux accotés au pied d'un dattier, prirent leur repas en commun, tandis que le chien guettait les morceaux que lui jetait son maître.

« C'est pourtant singulier, répétait Nicol, que nous n'ayons encore aperçu personne, ni relevé aucun vestige de campement.

— Et Coupe-à-cœur n'a rien senti ? demanda l'officier.

— Rien.

— Dites-moi, Nicol, reprit le lieutenant en regardant du côté de l'Arabe, est-ce qu'il y aurait quelque raison de suspecter ce Mezaki ?

— Ma foi mon lieutenant, on ne sait d'où il vient ni qui il est que par lui. Au premier abord, je me suis défié de lui, et je n'ai pas caché ma pensée. Mais jusqu'ici je n'ai pas remarqué qu'il y eût lieu de se défier. Et, d'ailleurs, quel intérêt aurait-il eu à nous tromper ? Et pourquoi nous eût-il amenés à Gizeh si le chef Pointar et ses hommes n'y ont jamais mis le pied ? Je sais bien... avec ces diables d'Arabes... on n'est jamais sûr... Enfin... c'est de lui-même qu'il est venu dès notre arrivée à Goleah. Ce n'est pas douteux qu'il a reconnu l'ingénieur pour l'avoir déjà vu. Tout donne à croire qu'il était un des Arabes embauchés par la Compagnie ! »

Le lieutenant Villette laissait parler Nicol, dont l'argumentation paraissait plausible en somme. Et cependant, d'avoir trouvé déserte cette oasis de Gizeh, alors que, d'après l'Arabe, de nombreux ouvriers y étaient réunis... cela devait sembler au moins singulier. Si, hier encore, Pointar y était avec une partie de son personnel, en attendant Mezaki, comment n'avait-il pas guetté son retour ? Comment n'était-il pas venu au-devant de ce petit groupe de spahis, qu'il aurait dû apercevoir de loin ? Et, s'il s'était retiré au plus profond des bois, est-ce donc qu'il y avait été contraint et pour quelle raison ? Pouvait-on admettre qu'il eût remonté jusqu'à Zeribet ? Et, en ce cas, le lieutenant devrait-il pousser sa reconnaissance jusque-là ? Non, assurément, et, l'absence de Pointar et de son équipe constatée, il n'aurait qu'à rejoindre au plus vite l'ingénieur et le capitaine Hardigan. Ainsi, pas d'hésitation, quel que fût le résultat de son expédition à Gizeh, le soir même, il serait de retour au campement.

Il était une heure et demie, lorsque le lieutenant Villette, restauré et reposé, se releva. Après avoir observé l'état du ciel que les nuages envahissaient plus largement, il dit à l'Arabe :

« Je vais visiter l'oasis avant de repartir... tu nous guideras...

— A vos ordres, répondit Mezaki, prêt à se mettre en route.

— Chef, ajouta l'officier, prenez deux de nos hommes et vous nous accompagnerez. Les autres attendront ici... »

« Entendu, mon lieutenant », répliqua Nicol qui fit signe à deux spahis de venir.

En ce qui concerne Coupe-à-cœur, il allait de soi qu'il suivrait son maître, sans qu'il fût nécessaire de lui en donner l'ordre.

Mezaki, qui précédait l'officier et ses compagnons, prit direction vers le nord. C'était s'éloigner de l'oued, mais, en revenant, on en descendrait la rive gauche, de telle sorte que l'oasis aurait été visitée dans toute son étendue. Elle ne couvrait pas d'ailleurs plus de vingt-cinq à trente hectares et, jamais habitée par des indigènes sédentaires, n'était que lieu de halte pour les caravanes, qui se rendaient de Biskra au littoral.

Le lieutenant et son guide marchèrent en cette direction pendant une demi-heure. La ramure des arbres n'était pas tellement épaisse qu'elle empêchât d'apercevoir le ciel où roulaient lourdement de grosses volutes de vapeur qui atteignaient maintenant le zénith. Déjà même, à l'horizon, se propageaient de sourdes rumeurs d'orage, et quelques éclairs sillonnaient les lointaines zones du nord.

Arrivé de ce côté, à l'extrême limite de l'oasis, le lieutenant s'arrêta. Devant lui s'étendait la plaine jaunâtre silencieuse et déserte. Si l'équipe avait quitté Gizeb où, d'après son affirmation, Mezaki l'avait laissée la veille, elle devait être loin déjà, que Pointar eût pris le chemin de Zeribet ou celui de Nefta. Mais il fallait s'assurer qu'elle n'était pas campée en quelque autre partie de l'oasis, ce qui paraissait assez improbable, et les recherches continuèrent en revenant vers l'oued.

Pendant une heure encore, l'officier et ses hommes s'engagèrent entre les arbres, sans rencontrer trace de campement. L'Arabe semblait être très surpris. Et, aux regards interrogateurs qui s'adressaient à lui, il répondait invariablement :

« Ils étaient là hier encore le chef et les autres. C'est Pointar qui m'a envoyé à Goleah. Il faut qu'ils soient partis depuis ce matin.

L'OFFICIER ET SES HOMMES S'ENGAGÈRENT SOUS LES ARBRES. (Page 154.)

— Pour aller où ? à ton idée ? demanda le lieutenant Villette.

— Peut-être au chantier.

— Mais nous les aurions rencontrés en venant, j'imagine.

— Non, s'ils n'ont pas descendu le long de l'oued.

— Et pourquoi auraient-ils pris un autre chemin que nous ? »

Mézaki ne put répondre.

Il était près de quatre heures lorsque l'officier fut de retour au lieu de halte. Les recherches avaient été infructueuses. Le chien ne s'était lancé sur aucune piste. Il paraissait bien que l'oasis n'eût pas été fréquentée depuis longtemps, pas plus par l'équipe que par le personnel d'une kafila.

Et, alors, le maréchal des logis-chef, ne résistant point à une pensée qui l'obsédait, s'approchant de Mézaki, et le regardant bien en face :

« Eh ! l'Arbico, dit-il, est-ce que tu nous aurais mis dedans ? »

Mézaki, sans baisser les yeux devant ceux du maréchef, eut un mouvement d'épaules tellement dédaigneux que Nicol l'aurait saisi à la gorge si le lieutenant Villette ne l'avait retenu.

« Silence, Nicol, dit-il. Nous allons retourner à Goleah, et Mézaki nous suivra.

— Entre deux de nos hommes alors.

— Je suis prêt », répondit froidement l'Arabe dont le regard, un instant enflammé par la colère, reprit son calme habituel.

Les chevaux refaits dans le pâturage, abreuvés aux eaux de l'oued, étaient en mesure de franchir la distance qui séparait Gizeh du Melrir. La petite troupe serait certainement de retour avant la nuit.

Sa montre marquait quatre heures quarante lorsque le lieutenant donna le signal du départ. Le maréchef se plaça près de lui, et l'Arabe prit rang entre deux spahis qui ne le perdaient pas de vue. Il convient de l'observer, les compagnons de Nicol partageaient maintenant ses soupçons à l'égard de Mézaki, et, si l'officier n'en voulait rien laisser voir, nul doute qu'il n'éprouvât la même défiance. Aussi avait-il hâte d'avoir rejoint l'ingénieur et le capitaine Hardigan. On déciderait alors ce qu'il conviendrait de faire, puisque l'équipe ne pouvait dès le lendemain être remise au chantier.

Les chevaux allaient rapidement. On les sentait surexcités par l'orage qui ne tarderait pas à se déchaîner. La tension électrique était extrême, et maintenant les nuages s'étendaient d'un horizon à l'autre. Des éclairs les déchiraient, s'entre-croisant à travers l'espace, et la foudre grondait avec ces éclats terribles, particuliers aux plaines du désert, où elle ne trouve aucun écho pour les répercuter. Du reste, pas le plus léger souffle de vent, ni une seule goutte de pluie. On étouffait au milieu de cette atmosphère brûlante, et les poumons ne respiraient qu'un air de feu.

Cependant, le lieutenant Villette et ses compagnons, au prix de grandes fatigues, effectueraient leur retour, sans trop de retard, si l'état atmosphérique n'empirait pas. Ce qu'ils devaient surtout craindre, c'était que l'orage ne tournât à la tempête. Le vent d'abord, la pluie ensuite, pouvaient survenir, et où chercheraient-ils refuge au milieu de cette plaine aride, qui n'offrait pas un arbre?

Il importait donc d'avoir rallié le kilomètre 347 dans le plus bref délai. Mais les chevaux étaient incapables de répondre aux appels de leurs cavaliers. En vain l'essayaient-ils! Par instant, ils s'arrêtaient comme si leurs pieds eussent été entravés, et leurs flancs saignaient sous l'éperon. D'ailleurs, les hommes eux-mêmes ne tardèrent pas à se sentir impuissants, hors d'état de franchir les derniers kilomètres du parcours. Va-d'l'avant, si vigoureux, cependant, était épuisé, et, à chaque pas, son maître pouvait craindre qu'il ne s'abattît sur le sable surchauffé du sol!

Toutefois, avec les encouragements, avec les excitations du lieutenant, vers six heures du soir, les trois quarts de la route avaient été dépassés. Si le soleil, très abaissé sur l'horizon de l'ouest, n'eût pas été voilé d'une épaisse couche de nuages, on eût aperçu à une heure de là les scintillantes efflorescences du chott Melrir. A sa pointe, s'arrondissaient vaguement les massifs de l'oasis, et, en admettant qu'il fallût encore une heure pour l'atteindre, la nuit ne serait pas complètement close, lorsque la petite troupe en franchirait les premiers arbres.

« Allons, mes amis, courage, répétait l'officier. Un dernier effort! »

Mais, si endurants que fussent ses hommes, il voyait venir le moment où le désordre se mettrait dans sa petite troupe. Déjà, plusieurs cavaliers demeuraient en arrière, et, pour ne point les abandonner, force était de les attendre.

Il était vraiment à souhaiter que l'orage se manifestât autrement que par un échange d'éclairs et de roulements de foudre. Mieux aurait valu que le vent rendît l'air plus respirable et que ces énormes masses de vapeurs se résolussent en pluie! C'était l'air qui manquait, et les poumons ne fonctionnaient plus que très difficilement au milieu de cette asphyxiante atmosphère.

Le vent s'éleva enfin, mais avec toute la violence que devait déterminer l'extrême tension électrique de l'espace. Ces courants d'une extraordinaire intensité furent doublés, et des tourbillons se formèrent à leur point de rencontre. Un bruit assourdissant se joignit aux éclats du tonnerre, des sifflements d'une incroyable acuité. Comme la pluie n'alourdissait pas les poussières du sol, il se forma une immense toupie qui, tournant sur sa pointe avec une invraisemblable vitesse, sous l'influence du fluide électrique, déterminait un appel d'air auquel il serait impossible de résister. On entendait crier les oiseaux entraînés dans ce tourbillon dont les plus puissants ne parvenaient pas à s'arracher.

Les chevaux se trouvaient sur le chemin de cette trombe. Saisis par elle, ils furent séparés les uns des autres, et plusieurs hommes ne tardèrent pas à être désarçonnés. On ne se voyait plus, on ne s'entendait plus, on ne s'appartenait plus. Le tourbillon enveloppait tout, en se dirigeant vers les plaines méridionales du Djerid.

La route que le lieutenant Villette suivait dans ces conditions, il ne pouvait s'en rendre compte. Que ses hommes et lui eussent été poussés vers le chott, c'était vraisemblable, mais en s'éloignant du campement. Heureusement une pluie torrentielle survint. La trombe, sous les coups des rafales, s'anéantit, au milieu d'une obscurité déjà profonde.

La petite troupe était alors dispersée. Il fallut la rallier non sans peine. D'ailleurs, à la lueur des éclairs, le lieutenant avait reconnu que l'oasis ne se trouvait pas à plus d'un kilomètre un peu dans le sud-est.

Enfin, après des appels réitérés dans les courtes accalmies, hommes et chevaux étaient rassemblés, lorsque soudain le maréchal des logis-chef de s'écrier :

« Où est donc l'Arbico?.. »

Les deux spahis chargés de surveiller Mézaki ne purent répondre. Ce qu'il était devenu, ils ne le savaient, ayant été séparés violemment l'un de l'autre au moment où la trombe les entraînait dans ses tourbillons.

« Le gueux!.. il a filé!.. répétait le maréchal des logis-chef. Il a filé, et son cheval... ou plutôt notre cheval avec lui... Il nous a trompés, l'Arbico, il nous a trompés!.. »

L'officier, réfléchissant, se taisait.

Presque aussitôt éclatèrent des aboiements furieux, et, avant que Nicol songeât à le retenir, le chien s'élançait et disparaissait en bondissant vers le chott.

« Ici... Coupe-à-cœur... ici!.. » criait le marchef, très inquiet.

Mais, soit qu'il ne l'eût pas entendu, soit qu'il n'eût pas voulu l'entendre, le chien disparut au milieu de l'obscurité.

Après tout, peut-être Coupe-à-cœur s'était-il jeté sur les traces de Mezakı, et cet effort, Nicol n'aurait pu le demander à son cheval, rompu de fatigue comme les autres.

C'est alors que le lieutenant Villette se demanda si un malheur n'était pas arrivé, si, pendant qu'il remontait vers Gizeh, quelque danger ne menaçait pas l'ingénieur, le capitaine Hardigan, et les hommes restés à Goléah. L'inexplicable disparition de l'Arabe rendait plausibles toutes les hypothèses, et le détachement n'avait-il pas eu affaire à un traître, ainsi que le répétait Nicol ?

« Au campement, commanda le lieutenant Villette, et aussi vite que possible ! »

En ce moment, l'orage faisait encore rage, bien que le vent fût à peu près calme, comme on l'a vu plus haut, mais la pluie, de plus en plus violente, creusait de larges et nombreuses fondrières à la surface du sol. Il faisait pour ainsi dire nuit noire, bien que le soleil eût à peine disparu derrière l'horizon. Se diriger vers l'oasis devenait difficile et aucun feu n'indiquait la position du campement.

Et, cependant, c'était là une précaution que l'ingénieur n'eût point négligée pour assurer le retour du lieutenant. Le combustible ne manquait pas. Le bois mort abondait dans l'oasis. Malgré le vent, malgré la pluie, on aurait pu entretenir un foyer dont l'éclat eût été visible à moyenne distance, et la petite troupe ne devait plus être qu'à un demi-kilomètre.

Aussi de quelles craintes était assiégé le lieutenant Villette, craintes que partageait le maréchal des logis-chef et dont il dit un mot à l'officier.

« Marchons, répondit celui-ci, et Dieu veuille que nous n'arrivions pas trop tard ! »

Or, précisément, la direction suivie n'avait pas été exactement la bonne, et c'est sur la gauche de l'oasis que la petite troupe atteignit le chott. Il fut nécessaire de revenir vers l'est en longeant sa rive septentrionale, et, il n'était pas moins de huit heures et demie, lorsque l'on fit halte à l'extrémité du Melrir.

Personne n'avait encore paru, et, cependant, les spahis venaient de signaler leur retour par des cris repetés

A quelques minutes de là, le lieutenant atteignit la clairière où devaient se trouver les chariots, se dresser les tentes

Personne encore, ni M de Schaller, ni le capitaine, ni le brigadier, ni aucun des hommes laissés avec eux

On appela, on tira des coups de fusil Pas une réponse ne se fit entendre Plusieurs branches résineuses furent allumées et jetèrent leur éclat blafard à travers les massifs

De tentes, il n'y en avait pas, et, quant aux chariots, il fallut reconnaître qu'ils avaient été pillés et mis hors d'usage Mules qui les traînaient, chevaux du capitaine Hardigan et de ses compagnons, tout avait disparu

Ainsi le campement avait été attaqué, et, à n'en pas douter, Mezaki n'était intervenu que pour favoriser cette nouvelle attaque au même endroit, en entraînant le lieutenant Villette et ses spahis dans la direction de Gizeb

Il va de soi que l'Arabe n'avait pas rejoint Quant à Coupe-à-cœur, le maréchal des logis-chef l'appela vainement, et toutes les heures de la nuit s'écoulèrent sans qu'il eût reparu au campement de Goleah

XII

CE QUI S'ÉTAIT PASSÉ

Après le départ du lieutenant Villette pour l'oasis de Gizeb, l'ingénieur avait commencé à prendre ses dispositions pour un séjour qui pouvait se prolonger.

En effet, personne n'avait songé à suspecter Mezaki, personne ne doutait que, le soir même, Pointar et lui seraient de retour à la section avec un certain nombre d'ouvriers ramenés par le lieutenant Villette.

On ne l'a point oublié, il ne restait au kilomètre 347, en comptant M. de Schaller et le capitaine Hardigan, que dix hommes, le brigadier Pistache, M. François, quatre spahis et les deux conducteurs de chariots. Tous s'occupèrent aussitôt de préparer un campement à la lisière de l'oasis, dans le voisinage du chantier. Là furent conduits les chariots, puis, le matériel déchargé, on dressa les tentes comme d'habitude. Quant aux chevaux, les conducteurs et les spahis leur choisirent un pâturage, où ils devaient trouver une abondante nourriture. En ce qui concerne le détachement, il avait des vivres pour plusieurs jours encore. D'autre part, il était probable que Pointar, ses contremaîtres et ses ouvriers, ne reviendraient pas sans rapporter tout ce dont ils avaient besoin, et que la bourgade de Zeribet avait pu aisément leur fournir.

D'ailleurs, on comptait bien avoir assistance aux bourgades les plus rapprochées, Nefta, Tozeur, La Hâmma. Plus tard, les indigènes, on le répète, ne pourraient rien contre cette grande œuvre des continuateurs de Roudaire.

Comme il importait que, dès le premier jour, le ravitaillement du chantier du kilomètre 347 fût assuré, l'ingénieur et le capitaine Hardigan furent d'accord pour envoyer des messagers à Nefta ou Tozeur. Ils firent choix des deux conducteurs de chariots, qui connaissaient parfaitement la route pour l'avoir souvent parcourue avec le personnel des caravanes. C'étaient deux Tunisiens auxquels on pouvait accorder toute confiance. En partant, le lendemain, dès l'aube, ces hommes montant leurs propres bêtes atteindraient assez rapidement la bourgade qui pourrait faire parvenir quelques jours plus tard des vivres au Melrir. Ils seraient porteurs de deux lettres, une de l'ingénieur pour un des employés supérieurs de la Compagnie, une autre du capitaine Hardigan pour le commandant militaire de Tozeur.

Après le repas du matin, pris sous leur tente, à l'abri des premiers arbres de l'oasis, M. de Schaller dit au capitaine :

« Maintenant, mon cher Hardigan, laissons Pistache, M. François et nos hommes procéder aux dernières installations. Je voudrais me rendre un compte plus exact des réparations à faire sur cette dernière section du canal. »

Il la parcourut sur toute son étendue afin d'évaluer la quantité des déblais qui avaient été rejetés à l'intérieur.

Et, à ce propos, il dit à son compagnon :

« Assurément, ces indigènes étaient en grand nombre, et je m'explique que Pointar et son personnel n'aient pu leur résister.

— Mais, cependant, il ne suffit pas que ces Arabes, Touareg ou autres, soient venus en force, les ouvriers une fois chassés, comment ont-ils pu bouleverser les travaux à ce point, rejeter tant de matériaux dans le lit du canal ? Cela a dû exiger un temps assez long, au contraire de ce que nous a affirmé Mezaki.

— Je ne puis l'expliquer que de cette façon, répliqua M. de

Schaller. Il n'y avait pas à creuser, mais à combler et à ébouler les berges dans le lit du canal. Comme il n'y avait là que des sables, avec du matériel que Pointar et ses hommes ont dû abandonner dans leur fuite précipitée, et peut-être aussi avec celui d'autrefois, la besogne a été beaucoup plus simple que je ne l'aurais cru.

— Dans ce cas, expliqua le capitaine Hardigan, quelque quarante-huit heures auront suffi.

— Je le pense, répondit l'ingénieur, et j'estime que les réparations pourraient s'effectuer en quinze jours au plus.

— C'est heureux, observa le capitaine, mais il est une mesure qui s'impose : c'est de protéger le canal jusqu'à la complète inondation des deux chotts, dans cette section du grand chott au Melrir comme dans toutes les autres. Ce qui s'est passé ici pourrait se reproduire ailleurs. Il est certain que les populations du Djerid, et plus particulièrement les nomades, ont la tête montée, que les chefs de tribus les excitent contre cette création d'une mer intérieure, et des agressions de leur part sont toujours à redouter. Aussi, les autorités militaires devront-elles être prévenues. Avec les garnisons de Biskra, de Nefta, de Tozeur, de Gabès, il ne sera pas difficile d'établir une surveillance effective, et de mettre les travaux à l'abri d'un nouveau coup de main. »

C'était, en somme, ce qu'il y avait de plus urgent, et il importait que le Gouverneur général de l'Algérie et le Résident général en Tunisie fussent mis sans retard au courant de la situation. Ils auraient à sauvegarder les divers intérêts engagés dans cette grande affaire.

Il est certain toutefois — ainsi le répéta l'ingénieur — que la mer Saharienne, lorsqu'elle serait en exploitation, se défendrait seule. Mais, ne point oublier qu'au début de l'entreprise on estimait que l'inondation des dépressions Rharsa et Melrir ne demanderait pas moins d'une période de dix années. Puis, après une étude plus approfondie des terrains, cette période fut réduite de moitié. Toutefois, la surveillance ne serait à maintenir que sur les diverses stations des deux canaux, et non sur la partie inondable des chotts. Il est vrai, les deux cent vingt-sept kilomètres du premier, les quatre-vingts du second, c'était là une longue ligne à garder pendant longtemps.

Et, pour répondre à la remarque que lui fit à ce sujet le capitaine Hardigan, l'ingénieur ne put que lui répéter ce qu'il avait dit déjà relativement à l'inondation des chotts :

« J'ai toujours l'idée que ce sol du Djerid, dans la partie comprise entre le littoral et le Rharsa et le Melrir, nous réserve des surprises. Ce n'est, en réalité, qu'une croûte salifère, et j'ai moi-même constaté qu'elle subissait certaines oscillations d'une amplitude assez considérable. Il est donc admissible que le canal s'élargira et se creusera au passage des eaux, et c'est sur cette éventualité que Roudaire comptait, non sans raison, pour compléter les travaux. La nature collaborerait avec le génie humain que je n'en serais aucunement étonné ! Quant aux dépressions, ce sont les lits desséchés d'anciens lacs et, soit brusquement, soit graduellement, ils s'approfondiront sous l'action des eaux au delà de la cote actuellement prévue. Ma conviction est donc que l'inondation complète prendra moins de temps qu'on ne le suppose. Je le répète, le Djerid n'est point à l'abri de certaines commotions sismiques et ces mouvements ne peuvent que le modifier dans un sens favorable à notre entreprise ! Enfin, mon cher capitaine, nous verrons... nous verrons ! Moi, je ne suis pas de ceux qui se défient de l'avenir, mais de ceux qui comptent sur lui ! Et que diriez-vous si, avant deux ans, avant un an, toute une flottille marchande sillonnait la surface du Rharsa et du Melrir remplis à pleins bords ? »

— J'accepte vos hypothèses, mon cher ami, répondit le capitaine Hardigan. Mais, que ce soit dans deux ans ou dans un an qu'elles se réalisent, il n'en faudra pas moins protéger par des forces suffisantes les travaux et les travailleurs.

« J'ESTIME QUE LES RÉPARATIONS POURRAIENT S'EFFECTUER EN QUINZE JOURS. »
(Page 163.)

CE QUI S'ETAIT PASSE

— Entendu, conclut M. de Schaller, et je partage votre avis. Hardigan, il importe que la surveillance du canal, sur toute son étendue, s'établisse sans aucun retard. »

La mesure s'imposait, en effet, et, dès le lendemain, après la rentrée des ouvriers au chantier, le capitaine Hardigan se mettrait en rapport avec le commandant militaire de Biskra, auquel il enverrait un exprès. En attendant, la présence de ses quelques spahis suffirait peut-être à défendre la section, et, dans ces conditions, une nouvelle attaque des indigènes n'était sans doute pas à craindre.

Leur inspection terminée, l'ingénieur et le capitaine revinrent au campement, dont l'organisation se poursuivait, et il n'y avait plus qu'à attendre le lieutenant, qui serait certainement de retour avant le soir.

Une question des plus importantes dans les circonstances où se trouvait actuellement l'expédition était celle du ravitaillement. Jusqu'alors elle avait la nourriture assurée soit par les réserves des deux chariots, soit par les vivres achetés dans les bourgades et villages de cette partie du Djerid. Ne manquaient les approvisionnements ni pour les hommes ni pour les chevaux.

Or, au chantier rétabli du kilomètre 347, il y aurait à se pourvoir d'une façon plus régulière pour un séjour de plusieurs semaines. Aussi, en même temps qu'il aviserait les autorités militaires des garnisons voisines, le capitaine Hardigan demanderait que des vivres lui fussent fournis pendant toute la durée de son séjour à l'oasis.

On s'en souvient, dès le lever du soleil, ce jour-là, 13 avril, de lourdes vapeurs s'entassaient à l'horizon. Tout annonçait que la matinée comme l'après-midi seraient étouffants. Nul doute qu'il ne se préparât dans le nord un orage d'une extrême intensité.

Et, en réponse aux observations que faisait le brigadier Pistache à ce sujet :

« Je ne serais pas surpris, déclara M. François, que cette

journée fût orageuse, et, depuis ce matin, je m'attends à une prochaine lutte des éléments en cette partie du désert.

— Et pourquoi ? demanda Pistache.

— Voici, brigadier. Tandis que je me rasais à la première heure, tous mes poils se hérissaient, et devenaient si durs qu'il m'a fallu repasser deux ou trois fois mon rasoir. De chaque pointe, on eût dit qu'il se dégageait une petite étincelle.

— Cela est curieux », repondit le brigadier, sans mettre un instant en doute l'assertion d'un homme tel que Monsieur François.

Que le système pileux de ce digne homme jouît de propriétés électriques, comme la fourrure d'un chat, peut-être n'en était-il rien. Mais Pistache l'admettait volontiers.

« Et alors, ce matin ? reprit-il en regardant la figure rasée de près de son compagnon.

— Ce matin, c'était à ne pas le croire ! Mes joues, mon menton se parsemaient d'aigrettes lumineuses.

— J'aurais voulu voir cela ! » repondit Pistache.

Au surplus, même sans se rapporter aux observations météorologiques de M. François, il était certain qu'un orage montait du nord-est, et l'atmosphère se saturait peu à peu d'électricité.

La chaleur devenait accablante. Aussi, après le repas de midi, l'ingénieur et le capitaine s'accordèrent-ils une sieste prolongée. Bien qu'ils fussent abrités sous leur tente et que cette tente eût été dressée sous les premiers arbres de l'oasis, une chaleur torride y pénétrait, et aucun souffle ne se propageait à travers l'espace.

Cet état de choses ne laissait pas d'inquiéter M. de Schaller et le capitaine. À cette heure, l'orage n'avait pas encore éclaté sur le chott Selem. Mais il n'y avait pas à douter que ses violences ne s'exerçassent alors dans le nord-est et précisément au-dessus de l'oasis de Gizeb. Les éclairs commençaient à sillonner le ciel de ce côté, si les roulements de la foudre ne se faisaient pas

CE QUI S'ÉTAIT PASSÉ. 169

« Cela est curieux », répondit le brigadier. (Page 168.)

encore entendre. En admettant que, pour une raison ou pour une autre, le départ du lieutenant n'eût pu s'effectuer avant l'orage, tout donnait à penser qu'il en attendrait la fin sous l'abri des arbres, dût-il même ne rentrer que le lendemain au campement.

« Et il est probable que nous ne le reverrons pas ce soir, fit observer le capitaine Hardigan. Si Villette fût parti cet après-midi vers deux heures, il serait maintenant en vue de l'oasis...

— Quitte à être retardé d'un jour, répondit M. de Schaller, notre lieutenant aura eu raison de ne point s'aventurer avec un ciel si menaçant ! Ce qu'il y aurait de plus fâcheux, ce serait que ses hommes et lui eussent été surpris sur la plaine, où ils ne trouveraient aucun abri.

— C'est mon avis », conclut le capitaine Hardigan.

L'après-midi s'avançait, et rien n'annonçait l'approche de la petite troupe, pas même les aboiements de Coupe-à-cœur, qui l'aurait précédée. Maintenant, à moins d'une heure, les éclairs illuminaient l'espace sans discontinuer. La lourde masse des nuages, ayant dépassé le zénith, se rabattait lentement vers le Melrir. Avant une demi-heure, l'orage serait sur le campement, et se dirigerait ensuite vers le chott.

Cependant, l'ingénieur, le capitaine Hardigan, le brigadier et deux des spahis s'étaient portés sur la lisière de l'oasis. Devant leurs yeux s'étendait la vaste plaine dont, çà et là, les efflorescences reverbéraient la lueur des éclairs.

En vain leurs regards interrogeaient l'horizon. Aucun groupe de cavaliers n'apparaissait de ce côté.

« Il est certain, dit le capitaine, que le détachement ne s'est point mis en route, et il ne faut pas l'attendre avant demain.

— Je le pense, mon capitaine, répondit Pistache. Même après l'orage, la nuit venue, au milieu de l'obscurité, se diriger sur Goléah serait bien difficile.

— Villette est un officier expérimenté, et on peut compter sur sa prudence. Retournons au campement, car la pluie ne tardera pas à tomber. »

A peine tous quatre avaient-ils fait une dizaine de pas, que le brigadier s'arrêtait.

« Écoutez, mon capitaine... » dit-il.

Tous s'étaient retournés.

« Il me semble entendre des aboiements... Est-ce que le chien du maréchef ? »

CE QUI S'ÉTAIT PASSÉ

Ils prêtèrent l'oreille. Non ! aucun aboiement pendant les courtes accalmies. Pistache s'était assurément trompé.

Le capitaine Hardigan et ses compagnons reprirent donc le chemin du campement et, après avoir traversé l'oasis dont les arbres se courbaient sous la violence du vent, ils regagnèrent leurs tentes.

Quelques minutes de plus, ils eussent été assaillis par les rafales qui faisaient rage au milieu d'une pluie torrentielle.

Il était six heures alors. Le capitaine prit ses dispositions pour cette nuit qui s'annonçait comme l'une des plus mauvaises depuis que l'expédition avait quitté Gabès.

Sans doute, il y avait lieu de penser que le retard du lieutenant Villette était dû à la survenue de ce formidable orage qui le retiendrait à l'oasis de Gizeb jusqu'au lendemain.

Néanmoins, le capitaine et M. de Schaller ne laissaient pas de ressentir certaines appréhensions. Que Mezaki se fût donné pour un des ouvriers de Pointar, ne l'étant pas, et qu'il eût préparé quelque criminelle machination contre l'expédition envoyée au Melrir, ils ne pouvaient pas même le soupçonner. Mais comment auraient-ils oublié ce qu'était l'état des esprits chez les populations nomades ou sédentaires du Djerid, l'excitation qui régnait parmi les diverses tribus contre cette création de la mer Saharienne ? Est-ce qu'une attaque récente n'avait pas été dirigée contre le chantier de Goleah, attaque qui se renouvellerait probablement si les travaux de la section étaient repris ? Sans doute, Mezaki affirmait que les agresseurs, après avoir dispersé les ouvriers, s'étaient retirés vers le sud du chott. Mais d'autres partis couraient peut-être la plaine et, s'ils le rencontraient, le détachement du lieutenant Villette serait écrasé sous le nombre !

Cependant, à y bien réfléchir, ces craintes devaient être exagérées. Mais l'ingénieur et le capitaine y revenaient sans cesse. Et comment eussent-ils pu prévoir que, si quelque danger menaçait, ce n'était pas le lieutenant Villette et ses hommes sur la route de Gizeh, mais M. de Schaller et ses compagnons dans l'oasis ?

Vers six heures et demie, l'orage battait son plein. Plusieurs arbres furent frappés de la foudre et il s'en fallut de peu que la tente de l'ingénieur ne fût atteinte par le fluide électrique. La pluie tombait à torrents, et, sous la pénétration des mille rios qui s'écoulaient vers le chott, le sol de l'oasis se changeait en une sorte d'outtâ marécageuse. En même temps, le vent se déchaînait avec une effroyable impétuosité. Les branches se brisaient comme verre et nombre de palmiers, rompus aux racines, s'en allaient en dérive.

Il n'eût plus été possible de mettre le pied dehors. Très heureusement, les chevaux avaient été abrités à temps sous un énorme bouquet d'arbres capables de résister à l'ouragan, et, malgré l'effroi que leur causait l'orage, ils purent être maintenus.

Il n'en fut pas ainsi des mules laissées sur la clairière. Épouvantées par les éclats de la foudre, et malgré les efforts de leurs conducteurs, elles s'échappèrent à travers l'oasis.

Un des spahis vint prévenir le capitaine Hardigan qui s'écria :

« Il faut à tout prix les reprendre.

— Les deux conducteurs se sont mis à leur poursuite, répondit le brigadier.

— Que deux de nos hommes se joignent à eux, ordonna l'officier. Si les mules parviennent à sortir de l'oasis, elles seront perdues. On ne pourra les rattraper en plaine ! »

Malgré les rafales qui s'abattaient sur le campement, deux des quatre spahis s'élancèrent dans la direction de la clairière, guidés par les cris des conducteurs qui se faisaient parfois entendre.

Du reste, si l'intensité des éclairs et des éclats de la foudre ne diminua pas, il en fut autrement des rafales qui s'apaisèrent soudain, moins de vent et moins de pluie. Mais l'obscurité était

CE QUI S'ÉTAIT PASSÉ. 173

Après avoir rampé... (Page 174.)

profonde, et l'on ne pouvait se voir qu'à la lueur des fulgurations électriques.

L'ingénieur et le capitaine Hardigan sortirent de la tente, suivis de M. François, du brigadier et des deux spahis restés avec eux au campement.

Il va de soi, étant donnée l'heure avancée déjà, la violence de l'orage qui durerait sans doute une partie de la nuit, qu'il ne fallait aucunement compter sur le retour du lieutenant Villette. Ses hommes et lui ne se remettraient en route que le lendemain, alors que le cheminement à travers le Djerid serait praticable.

Quelles furent donc la surprise et aussi la satisfaction du capitaine et de ses compagnons, lorsqu'ils entendirent des aboiements dans la direction du nord.

Cette fois, pas d'erreur, un chien accourait vers l'oasis, et même s'en rapprochait rapidement.

« Coupe-à-cœur ! lui ! s'écria le brigadier. Je reconnais sa voix.

— C'est donc que Villette n'est pas loin ! », répondit le capitaine Hardigan.

En effet, si le fidèle animal précédait le détachement, ce ne devait être que de quelques centaines de pas.

A ce moment, sans que rien eût annoncé leur apparition, une trentaine d'indigènes, après avoir rampé le long de la lisière, bondirent sur le campement. Le capitaine, l'ingénieur, le brigadier, M. François, les deux spahis furent entourés avant d'avoir pu se reconnaître, saisis avant d'avoir pu se mettre en défense. Et, d'ailleurs, qu'auraient-ils pu, vu leur petit nombre, contre cette bande qui venait de les surprendre ?

En un instant, tout fut pillé, et les chevaux furent entraînés vers le Melrir.

Les prisonniers, séparés les uns des autres, dans l'impossibilité de communiquer, étaient poussés à la surface du chott, suivis du chien qui s'était lancé sur leurs traces. Et ils étaient déjà loin lorsque le lieutenant Villette arrivait au campement, où il ne trouvait plus trace des hommes qu'il avait quittés le matin, et des chevaux sans doute échappés pendant l'ouragan.

XIII

L'OASIS DE ZENFIG

Dans son plan géométral, le chott Melrir, en y comprenant au nord les marécages de Farfaria, au sud d'autres dépressions de même nature comme le chott Merouan, affecte assez bien la forme d'un triangle rectangle. Du nord à l'est son hypoténuse dessine une ligne presque droite depuis la direction de Tahir-Nassou jusqu'au point au-dessous du trente-quatrième degré et de l'extrémité du second canal. Son grand côté, accidenté capricieusement, court le long dudit degré et prolongé comme à l'est par des chotts secondaires. A l'ouest, son petit côté monte vers la bourgade de Tahir-Nassou, en suivant à peu près une direction parallèle à la ligne du transsaharien, projeté en prolongement de la ligne Philippeville-Constantine-Batna-Biskra, dont le tracé devait être modifié pour éviter un embranchement le reliant à un port de la mer nouvelle, sur la rive opposée à l'arrivée du deuxième canal.

La largeur de cette grande dépression — moins étendue cependant que la surface du Djerid et du Fedjedj — mesure cinquante-cinq kilomètres entre le point terminus de la dernière section du canal et le port à établir sur la côte occidentale en un point à fixer définitivement entre le Signal de Chegga et l'oued Itel, — le projet d'atteindre Meraier, situé plus au sud, semblant abandonné. Mais elle ne peut être inondée que sur six mille kilomètres carrés, soit six cent mille hectares, le restant de sa superficie ayant une cote supérieure au niveau de la Méditerranée. En réalité, la nouvelle mer occuperait huit mille kilomètres carrés dans le cadre des deux chotts, et cinq mille émergeraient après le complet remplissage du Rharsa et du Melrir.

Ces parties non inondées deviendraient donc des îles. Elles formeraient à l'intérieur du Melrir comme une sorte d'archipel comprenant deux grandes îles. La première, nommée l'Hinguiz, figurerait un rectangle coudé au milieu du chott qu'il diviserait en deux parties, l'autre occuperait l'extrême portion comprise entre les deux côtés de l'angle droit près de Straria. Quant aux îlots, c'est principalement vers le sud-est qu'ils se rangeraient en lignes parallèles. Lorsque les navires se hasarderaient à travers les passes de cet archipel, ils devraient s'en rapporter sévèrement aux levés hydrographiques établis pour diminuer les risques de cette dangereuse navigation.

L'étendue des deux chotts que les eaux allaient recouvrir renfermait quelques oasis avec leurs dattiers et leurs champs. Il va de soi que ces propriétés avaient dû être rachetées à leurs détenteurs. Mais, ainsi que l'avait estimé le capitaine Roudaire, l'indemnité n'avait pas dépassé cinq millions de francs, à la charge de la Compagnie Franco-étrangère qui comptait s'en dédommager sur les deux millions cinq cent mille hectares de terres et de forêts dont le gouvernement lui avait fait cession.

Entre les diverses oasis du Melrir, l'une des plus importantes occupait de trois à quatre kilomètres superficiels au milieu de l'Hinguiz dans sa partie exposée au nord. Ce seraient donc les eaux septentrionales du chott qui en baigneraient la lisière après l'inondation. Cette oasis était riche de ces palmiers dattiers de la meilleure espèce, dont les fruits exportés par les kafila sont recherchés sur les marchés du Djerid. Elle avait nom Zenfig, et ses rapports avec les principales bourgades, La Hamma, Nefta, Tozeur, Gabès, se réduisaient à la visite de rares caravanes pendant la saison des récoltes.

Sous les grands arbres de Zenfig s'abritait une population de trois a quatre cents indigènes d'origine touareg, une des tribus les plus inquietantes du Sahara. Les maisons de la bourgade, au nombre d'une centaine, meublaient toute cette partie de l'oasis qui allait devenir un littoral. Vers le centre et en dehors, latéralement, s'étendaient des champs cultivés, des pâturages qui assuraient l'alimentation de cette tribu et de ses animaux domestiques. Un oued destiné à devenir un bras de la mer nouvelle, accru de petits rios de l'île, suffisait aux besoins de la population.

Il a été dit que l'oasis de Zenfig n'avait que de rares rapports avec les autres oasis de la province de Constantine. Seuls s'y ravitaillaient les Touareg nomades qui couraient le desert. Elle était redoutée et redoutable. Les caravanes evitaient, autant que possible, de passer a proximite. Mais que de fois des bandes, sorties de Zenfig, vinrent les attaquer dans les environs du Melrir !

A noter que les approches de l'oasis etaient des plus difficiles, des plus dangereuses. Le long de l'Hinguiz, le sol du chott ne presentait aucune solidite. Partout des sables mouvants ou une kafila se fut enlizee toute entière. A travers ces surfaces constituées par le terrain pliocene, sables imprégnés de gypse et de sel, a peine quelques sentes praticables uniquement connues des habitants, et qu'il fallait suivre pour atteindre l'oasis, sous peine d'etre englouti dans les fondrieres. Il etait evident que l'Hinguiz deviendrait aisement accostable lorsque les eaux recouvriraient cette croute molle ou le pied ne pouvait trouver un sûr appui. Mais c'est bien ce que les Touareg ne voulaient point permettre. Aussi là se trouvait le foyer le plus actif, le plus brulant de l'opposition. De Zenfig partaient d'incessants appels a cette « guerre sainte » contre les étrangers.

Entre les diverses tribus du Djerid, celle de Zenfig tenait le premier rang, et l'influence qu'elle exerçait sur la confederation ne laissait pas d'etre grande. Elle pouvait l'etendre en pleine sécurité, sans avoir à craindre d'être troublée dans sa retraite presque inaccessible. Mais cette situation prédominante s'évanouirait entièrement le jour où les eaux de la Petite-Syrte, inondant le chott à pleins bords, auraient fait de l'Hinguiz l'île centrale du Melrir.

C'était à l'oasis de Zenfig que la race touareg s'était conservée dans sa pureté originelle. Là, les coutumes, les mœurs n'avaient subi aucune altération. Des hommes d'un beau type, physionomie grave, attitude fière, marche lente, empreinte de dignité, tous portent l'anneau de serpentine verte qui donne à leur bras droit plus de vigueur, a les en croire. De tempérament très brave, ils ne craignent pas la mort. Ils revêtent encore le costume de leurs ancêtres, la gandoura en cotonnade du Soudan, la chemise blanche et bleue, le pantalon serré à la cheville, les sandales de cuir, la chechia fixée sur la tête par un mouchoir roulé en turban auquel se rattache le voile qui descend jusqu'à la bouche et préserve les lèvres de la poussière.

Les femmes, d'un type superbe, yeux bleus, sourcils épais, cils longs, vont la face libre et ne la voilent jamais si ce n'est devant les étrangers, par respect. On ne les rencontre pas à plusieurs au foyer touareg qui, en opposition avec les préceptes du Coran, n'admet pas la polygamie, s'il admet le divorce.

Aussi, dans cette région du Melrir, les Touareg formaient comme une population à part. Elle ne se mêlait point aux autres tribus du Djerid. Si ses chefs entraînaient leurs fidèles au dehors, ce n'était jamais que pour quelque razzia fructueuse, une caravane à piller ou quelque représaille contre une oasis rivale. Et, en réalité, ces Touareg de Zenfig étaient de redoutables pirates dont les agressions s'exerçaient parfois à travers les plaines de la basse Tunisie jusqu'aux approches de Gabès. Les autorités militaires organisaient des expéditions contre ces pillards. Mais ils avaient vite fait de se mettre à l'abri dans ces retraites lointaines du Melrir.

Du reste, si le Targui est plutôt sobre, s'il ne se nourrit ni de poissons ni de gibier, s'il ne consomme que peu de viande, si les dattes, les figues, les baies de la « Salvadora persica », la farine, le laitage, les œufs lui suffisent, il n'en a pas moins des esclaves à son service, des « imrhad », chargés des grosses besognes, car il n'a que dédain pour toute espèce de travail. Quant aux « ifguna », aux marabouts, aux vendeurs d'amulettes, leur influence est très sérieuse sur la race touareg, plus particulièrement en cette région du Melrir. C'étaient ces fanatiques qui prêchaient la révolte contre ce projet d'une mer saharienne. Le Targui est d'ailleurs superstitieux, il croit aux esprits, il redoute les revenants, à ce point qu'il ne pleure pas ses morts par crainte de les ressusciter, et, dans les familles, le nom du défunt s'éteint avec lui.

Telle était, en quelques traits, cette tribu de Zenfig à laquelle appartenait Hadjar. Elle l'avait toujours reconnu pour son chef jusqu'au jour où il tomba entre les mains du capitaine Hardigan.

Là aussi était le berceau de sa famille, toute-puissante sur cette population spéciale de Zenfig, comme aussi sur les autres tribus du Melrir. Nombre d'oasis existaient à la surface du chott, sur divers points de l'Hinguiz et du vaste périmètre de la dépression.

A côté de Hadjar, sa mère Djemma était en grande vénération parmi les tribus touareg. Chez les femmes de Zenfig, ce sentiment allait même jusqu'à l'adoration. Toutes partageaient cette haine que Djemma ressentait pour les étrangers. Elle les fanatisait comme son fils fanatisait les hommes, et l'on n'a pas oublié quelle influence Djemma avait sur Hadjar, — influence que possèdent toutes les femmes touareg. Elles sont d'ailleurs, plus instruites que leurs maris et leurs frères. Elles savent écrire alors que le Targui sait lire à peine, et, dans les écoles, ce sont elles qui enseignent la langue et la grammaire. En ce qui concernait l'entreprise du capitaine Roudaire, leur opposition n'avait jamais fléchi un seul jour.

Telle était la situation avant l'arrestation du chef touareg. Ces diverses tribus du Melrir, comme celle de Zenfig, allaient être ruinées par l'inondation des chotts. Elles ne pourraient pas continuer leur métier de pirates. Plus de kafila a traverser le Djerid entre Biskra et Gabes. Et, de plus, ne serait-il pas devenu facile de les atteindre jusque dans leurs repaires lorsque les navires pourraient s'en approcher, lorsqu'ils n'auraient plus pour les protéger ce sol mouvant où chevaux et cavaliers risquaient de s'engloutir à chaque pas !

On sait dans quelles conditions Hadjar avait été fait prisonnier, après une rencontre avec les spahis du capitaine Hardigan, comment il fut enfermé dans le fort de Gabes, et comment, avec l'aide de sa mère, de son frère, de quelques-uns de ses fidèles, Ahmet, Harrig, Horeb, il était parvenu à s'enfuir la veille du jour ou un aviso allait le transporter à Tunis pour y être jugé par un conseil de guerre. Que l'on sache donc aussi que Hadjar, après son évasion, avait pu heureusement franchir la région des sebkha et des chotts et regagner l'oasis de Zenfig où Djemma n'avait pas tardé à le rejoindre.

Cependant, la nouvelle de l'arrestation de Hadjar, lorsqu'elle fut connue à Zenfig, y provoqua une extraordinaire émotion. Ce chef touareg, pour lequel ses partisans s'étaient dévoués jusqu'à la mort, entre les mains de ses impitoyables ennemis ? Pouvait-on espérer qu'il leur échapperait ? N'était-il pas condamné d'avance ?

Aussi avec quel enthousiasme on accueillit son retour ! Le fugitif fut porté en triomphe. De tous côtés, de joyeuses détonations éclatèrent, de toutes parts, battirent les « tabel », qui sont les tambours, et résonnèrent les « rebaza », qui sont les violons des orchestres touareg. A la faveur de cet incroyable délire, Hadjar n'aurait eu qu'un signe à faire pour jeter tous ses fidèles sur les bourgades du Djerid !

Mais Hadjar sut contenir les fougueuses passions de ses Touareg. Devant la menace de la reprise des travaux, ce qui pressait le plus, c'était de garantir la sécurité des oasis de l'angle sud-ouest du chott. Il ne fallait pas permettre aux étrangers de transformer le Melrir en un vaste bassin navigable que les bâtiments parcourraient en tous sens. Donc, tout d'abord, bouleverser les travaux du canal.

Mais, en même temps, Hadjar apprit que l'expédition, sous les ordres du capitaine Hardigan, ferait halte avant quarante-huit heures à l'extrémité du canal, où elle devait en rencontrer une autre venue de la province de Constantine au-devant d'elle.

De là cette attaque que Hadjar, en personne, dirigea contre la dernière section, et qui venait de disperser les premiers ouvriers de la Société. Plusieurs centaines de Touareg s'y étaient occupés. Puis, le canal à demi comble, ils avaient repris la route de Zenfig.

Et, si Mezaki s'était trouvé là, c'est que son chef l'y avait laissé, et si cet homme avait déclaré que Hadjar n'était pas intervenu dans l'attaque du chantier, c'était pour tromper le capitaine, et, s'il avait affirmé que les ouvriers étaient alors réfugiés à Gizeb, c'était pour qu'une partie du détachement y fût envoyée, et, enfin, si actuellement l'ingénieur, le capitaine et quatre de leurs compagnons étaient prisonniers de Hadjar, c'est que, surpris par une trentaine de Touareg, apostés sous les ordres de Sohar aux environs de Goléah, ils avaient été dirigés vers l'oasis de Zenfig, avant d'avoir été rejoints par les spahis du lieutenant Villette.

En même temps que leurs six prisonniers, les Touareg s'étaient emparés des chevaux restés au campement, ceux de l'ingénieur, de l'officier, du brigadier et des deux spahis. M. François, qui jusqu'alors avait pris place dans l'un des chariots de l'expédition, depuis le départ de Gabès, n'était point monté. Mais, à deux cents pas du chantier, attendaient les chevaux et les méharis qui avaient amené la bande des Touareg.

Là, les prisonniers furent contraints de se mettre en selle sur leurs propres montures, tandis qu'un des chameaux était réservé à M. François qui dut se jucher tant bien que mal sur la bête. Puis toute la troupe disparut au milieu de cette nuit orageuse, sous un ciel en feu.

Il y a lieu de noter que le chien du maréchal des logis-chef Nicol était arrivé au moment de l'attaque, et, ne sachant pas qu'il devançait le détachement, Sohar le laissa suivre les prisonniers.

En prévision de ce coup de main organisé par Hadjar, les Touareg étaient munis de vivres pour quelques jours, et deux méharis, chargés de provisions, assuraient la nourriture de la bande jusqu'au retour.

Mais le voyage allait être fort pénible, car il comprenait une cinquantaine de kilomètres entre l'extrémité orientale du chott et l'oasis de Zenfig.

La première étape conduisit les prisonniers à l'endroit où Sohar avait fait halte avant d'attaquer le campement de Goleah. C'est là que les Touareg s'arrêtèrent, toutes précautions prises pour que le capitaine Hardigan et ses compagnons ne pussent s'enfuir. Ils eurent à passer une nuit affreuse, car les rafales ne se calmèrent qu'aux approches du jour. Et, pour tout abri, les frondaisons d'un petit bois de palmiers. Blottis les uns contre les autres, tandis que les Touareg rôdaient autour d'eux, s'ils ne pouvaient s'échapper, du moins pouvaient-ils parler, et de quoi, si ce n'est de cette agression si inattendue dont ils étaient victimes. Qu'il y eût là la main de Hadjar, rien ne leur permettait de le penser. Mais l'esprit de révolte qui courait à travers les diverses tribus du Djerid, et plus particulièrement du Melrir, n'expliquait que trop les choses. Quelques chefs touareg avaient dû apprendre la prochaine arrivée d'un détachement de spahis au chantier. Des nomades leur auraient fait connaître qu'un ingénieur de la Compagnie venait inspecter les contours du Melrir, avant que les derniers coups de pioche eussent éventré le seuil de Gabès.

Et, alors, le capitaine Hardigan de se demander, sérieusement cette fois, s'il n'avait pas été trompé par cet indigène rencontré la veille à Goleah et, son impression, il ne la cacha point à ses compagnons.

« Vous devez avoir raison, mon capitaine, déclara le brigadier. Cet animal ne m'a jamais inspiré confiance.

— Mais alors, observa l'ingénieur, qu'est devenu le lieutenant Villette? Il n'aura trouvé ni Pointar ni aucun de ses ouvriers à l'oasis de Gizeh.

— En admettant qu'il soit allé jusque-là, reprit le capitaine. Si Mézaki est le traître que nous soupçonnons, il n'avait pas d'autre but que d'éloigner Villette et ses hommes et de leur fausser compagnie en route.

— Et qui sait s'il ne va pas rejoindre cette bande qui nous est tombée dessus? s'écria l'un des deux spahis.

— Cela ne m'étonnerait point, avoua Pistache, et, quand j'y songe, combien il s'en est fallu de peu, — un quart d'heure à peine, — que notre lieutenant ne soit arrivé à temps pour foncer sur ces gueux d'Arbicos et nous délivrer!

— En effet, ajouta M. François, le détachement ne pouvait être loin, puisque nous avons entendu les aboiements du chien, presque à l'instant où les Touareg nous surprenaient.

— Ah! Coupe-à-cœur... Coupe-à-cœur! répétait le brigadier Pistache, où est-il? Nous a-t-il suivis jusqu'ici? N'est-il pas plutôt retourné vers son maître pour lui apprendre...

— Le voici... le voici... » dit en ce moment l'un des spahis.

On imagine sans peine quel accueil fut fait à Coupe-à-cœur. Combien de caresses on lui prodigua, et quels gros baisers Pistache appliqua sur sa bonne tête!

« Oui... Coupe-à-cœur, oui! c'est nous! Et les autres! et notre maréchef Nicol... ton maître... est-il arrivé? »

Coupe-à-cœur eût volontiers répondu par de significatifs aboiements. Mais le brigadier le fit taire. Les Touareg devaient penser, d'ailleurs, que le chien se trouvait avec le capitaine au campement de Goléah, et il était naturel qu'il eût voulu les suivre.

Et jusqu'où seraient-ils entraînés ? En quelle partie du Djerid ? Peut-être vers quelque oasis perdue du chott Melrir, peut-être jusque dans les profondeurs de l'immense Sahara?.

Le matin venu, des aliments furent mis à la disposition des prisonniers, du gâteau agglutiné de couscoussou et de dattes, et, pour toute boisson, l'eau d'un oued qui baignait la lisière du petit bois.

D'où ils étaient, la vue s'étendait sur le chott, dont les cristallisations salines scintillaient au soleil levant. Mais, vers l'est, le regard s'arrêtait brusquement à la barrière de dunes qui s'arrondissait de ce côté. Donc, impossibilité d'apercevoir l'oasis de Goléah.

C'est donc en vain que M. de Schaller, le capitaine Hardigan, leurs compagnons, se retournèrent vers l'est, peut-être dans l'espoir d'apercevoir le lieutenant se dirigeant vers cette partie du chott.

« Car, enfin, répétait l'officier, il n'est pas douteux que Villette ne soit arrivé hier soir à Goléah. Et, ne nous y rencontrant plus, trouvant notre campement abandonné, comment admettre qu'il ne se soit pas immédiatement mis à notre recherche ?

— S'il n'a pas été attaqué lui-même, lorsqu'il remontait vers l'oasis de Gizeb, fit observer l'ingénieur.

— Oui ! oui ! tout est possible, répondait Pistache, tout avec le Mezaki ! Ah ! s'il tombe jamais entre mes mains, je souhaite qu'il me pousse ce jour-là des griffes pour lui déchiqueter sa peau de coquin ! »

En ce moment, Sohar donna ordre de partir. Et le capitaine Hardigan allant à lui :

« Que nous voulez-vous ? » demanda-t-il.

Sohar s'arrêtait à Zenfig. (Page 187.)

Sohar ne répondit pas.

« Où nous conduit-on?.. »

Sohar se contenta de commander brutalement :

« A cheval. »

Il fallut obéir, et, ce qui lui fut particulièrement désagréable, M. François, ce matin-là, n'eut pas la possibilité de se faire la barbe.

A cet instant, le brigadier ne put retenir un cri d'indignation
« Le voici ! le voici ! » répétait-il

Et tous les regards se portèrent vers le personnage que Pistache désignait à ses compagnons

C'était Mezaki Après avoir conduit le détachement jusqu'à Gizeb, il avait disparu, et, pendant la nuit, il venait de rejoindre la bande de Sohar

« Rien à dire à ce misérable ! » ajouta le capitaine Hardigan, et, comme Mezaki le regardait effrontément, il lui tourna le dos

Et, alors, M François de s'exprimer ainsi

« Décidément, ce Targui ne paraît pas être une personne recommandable

— J'te crois ! » répliqua Pistache, qui, en employant cette vulgaire locution, tutoya pour la première fois M François, ce dont cet homme si comme il faut voulut bien ne point se blesser

A l'orage de la veille succédait un temps superbe Pas un nuage au ciel, aucun souffle à la surface du chott Aussi le cheminement fut-il très pénible D'oasis, il ne s'en rencontrait aucune sur cette partie de la dépression, et la troupe ne retrouverait l'abri des arbres qu'à la pointe de l'Hinguiz

Sohar pressait la marche Il avait hâte d'avoir regagné Zenfig où l'attendait son frère Du reste, rien ne pouvait encore permettre aux prisonniers de penser qu'ils fussent tombés entre les mains de Hadjar Ce que le capitaine Hardigan et M de Schaller imaginaient avec quelque raison, c'est que cette dernière agression n'avait pas eu pour objet le pillage du campement de Goléah qui n'en valait pas la peine Ce coup de main devait être plutôt une représaille des tribus du Melrir, et qui sait si le capitaine et ses compagnons n'allaient pas payer de leur liberté, de leur vie peut-être, ce projet d'une mer Saharienne !

Cette première journée comprit deux étapes, soit ensemble un parcours de vingt-cinq kilomètres La chaleur avait été, sinon accablante, puisque le temps n'était pas à l'orage, mais d'une extraordinaire intensité Celui qui souffrit le plus pendant la marche, ce fut assurément M. François, juché sur le dos d'un mehari. Peu habitué aux secousses de ce genre de monture, il était littéralement rompu, et il fallut l'attacher pour empêcher sa chute, tant la bête trottait durement.

La nuit se passa tranquillement, sauf que le silence fut troublé par les rauques rugissements des fauves qui rôdaient à la surface du chott.

Pendant ces premières étapes, Sohar avait dû suivre certaines sentes qu'il connaissait bien pour ne pas s'enlizer dans les fondrières. Mais, le lendemain, le cheminement s'effectua sur le sol de l'Hinguiz, qui présentait toute solidité.

Les marches de ce 15 avril se firent donc dans des conditions meilleures que la veille, et, vers le soir, Sohar s'arrêtait à l'oasis de Zenfig avec ses prisonniers.

Et quelles furent leur surprise à tous, leurs inquiétudes trop justifiées, lorsqu'ils se trouvèrent en présence de Hadjar !

XIV

EN CAPTIVITÉ

L'habitation dans laquelle furent conduits les prisonniers de Sohar était l'ancien bordj de la bourgade. Depuis nombre d'années déjà il tombait en ruines. Ses murailles délabrées couronnaient un tertre de moyenne altitude sur la lisière septentrionale de l'oasis. Jadis, ce château, un simple fort, avait servi aux Touareg de Zenfig, lors des grandes luttes que les tribus soutinrent entre elles dans toute la région du Djerid. Mais, après la pacification, on ne s'était plus occupé ni de le réparer ni de l'entretenir en bon état.

Un « sour », ébréché en maint endroit, servait d'enceinte à ce bordj qu'une « souma'ah », sorte de minaret décoiffé de son extrême pointe, surmontait encore et d'où la vue pouvait largement s'étendre en tous sens.

Cependant, si délabré qu'il fût, le bordj offrait encore quelques parties habitables au centre de la construction. Deux ou trois salles accédant sur une cour intérieure, sans meubles, sans tentures, séparées par d'épaisses parois, pouvaient abriter contre les rafales de la bonne et les froids de la mauvaise saison.

C'est là que l'ingénieur, le capitaine Hardigan, le brigadier Pistache, M. François et les deux spahis furent conduits dès leur arrivée à Zenfig.

Hadjar ne leur avait point adressé une seule parole, et Sohar, qui les amena au bordj sous l'escorte d'une douzaine de Touareg, ne répondit à aucune de leurs questions.

Il va sans dire que, lors de l'attaque du campement, le capitaine Hardigan et ses compagnons n'avaient pas eu la possibilité de se jeter sur leurs armes, sabres, revolvers, carabines. Ils furent d'ailleurs fouillés, dépouillés du peu d'argent qu'ils portaient sur eux, et il n'est pas jusqu'à M. François, légitimement indigné, auquel ces malappris n'eussent enlevé son rasoir.

Lorsque Sohar les eut laissés seuls, le capitaine et l'ingénieur prirent soin tout d'abord d'explorer le bordj.

« Quand on est enfermé dans une prison, observa M. de Schaller, la première chose à faire est de la visiter.

— Et la seconde de s'en échapper », ajouta le capitaine Hardigan.

Tous parcoururent donc la cour intérieure, au milieu de laquelle se dressait le minaret. Il fallut bien le reconnaître, les murailles qui l'entouraient, hautes d'une vingtaine de pieds, seraient infranchissables. On n'y découvrit aucune brèche comme il en existait au sour extérieur qui bordait le chemin de ronde. Une seule porte, ouvrant sur ce chemin, donnait accès dans la cour centrale. Elle avait été refermée par Sohar, et ses épais battants, garnis de bandes de fer, n'auraient pu être défoncés. Or, on ne pouvait sortir que par cette porte et encore était-il vraisemblable que les abords du bordj ne resteraient pas sans surveillance.

La nuit était venue, une nuit que les prisonniers passeraient dans une complète obscurité. Ils n'auraient pu se procurer aucune lumière. D'aliments quelconques, pas davantage. Pendant les premières heures, en vain attendirent-ils que des vivres fussent apportés, et aussi de l'eau, car la soif les dévorait. La porte ne s'ouvrit pas.

C'était à la clarté du court crépuscule que les prisonniers avaient visité la cour, et ils se réunirent ensuite dans une des chambres y attenant où des bottes d'alfa sèche leur servaient de couchettes. C'est alors qu'ils s'abandonnèrent à de fort tristes réflexions. Au cours des quelques propos qu'ils échangèrent, le brigadier fut amené à dire :

« Est-ce que ces gueux-là voudraient nous laisser mourir de faim ? »

Non, ce n'était pas ce qu'il y avait à craindre. Avant la dernière étape, à dix kilomètres de Zenfig, la bande de Touareg avait fait halte, et les captifs avaient eu leur part des provisions chargées sur les méharis. Assurément, le soir venu, le capitaine Hardigan et ses compagnons auraient volontiers pris quelque nourriture. Mais la faim ne deviendrait intolérable que le lendemain, si, dès l'aube, on ne leur fournissait pas des vivres en quantité suffisante.

« Essayons de dormir, dit l'ingénieur.

— Et de rêver que nous sommes en face d'une table bien servie, ajouta le brigadier des côtelettes, une oie farcie, une salade...

— N'achevez pas, brigadier, recommanda M. François, et comme on se contenterait d'une bonne soupe au lard ! »

Maintenant, quelles étaient les intentions de Hadjar à l'égard de ses prisonniers ? Il avait certainement reconnu le capitaine Hardigan. Ne voudrait-il pas le punir, à présent qu'il le tenait ? Ne le ferait-il pas mettre à mort et ses compagnons avec lui ?

« Je ne le pense pas, déclara M. de Schaller. Il n'est pas probable que notre vie soit menacée. Les Touareg, au contraire, ont intérêt à nous garder comme otages en prévision de l'avenir. Or, pour empêcher que les travaux du canal ne s'achèvent, il est à supposer que Hadjar et les Touareg renouvelleront leurs attaques contre le chantier du kilomètre 347, si les ouvriers de la Société y reviennent. Hadjar peut échouer dans une nouvelle tentative. Il peut retomber entre les mains des autorités et, cette fois, on le garderait si bien qu'il ne parviendrait pas à s'enfuir. Il est donc bon pour lui que nous soyons encore en son pouvoir jusqu'au jour où Hadjar, menacé d'être repris à son

EN CAPTIVITÉ

tour, viendrait dire : « Ma vie et celle de mes compagnons pour celle de mes prisonniers », il serait assurément écouté. Et j'estime que ce jour est prochain, car le double coup d'audace de Hadjar doit être connu à l'heure qu'il est, et bientôt il aura en face de lui troupes, maghzen et goums envoyés à notre délivrance.

— Il est possible que vous ayez raison, répondit le capitaine Hardigan. Mais ne point oublier que ce Hadjar est un homme vindicatif et cruel. Sa réputation est établie à cet égard. Raisonner comme nous raisonnerions, nous, ce n'est pas dans sa nature. Il a une vengeance personnelle à exercer.

— Et précisément contre vous, mon capitaine, fit observer le brigadier Pistache, puisque vous l'aviez proprement pincé il y a quelques semaines.

— En effet, brigadier, et même je m'étonne que, m'ayant reconnu, sachant qui je suis, il ne se soit pas tout d'abord livré à quelque violence ! Au surplus, nous verrons. Ce qui est certain, c'est que nous sommes entre ses mains, et que nous ignorons le sort de Villette et de Pointar, comme ils ignorent le nôtre.

« Cela dit, je ne suis point homme, mon cher de Schaller, à être le prix de la liberté de Hadjar, ni à être le trophée de sa vie de brigand.

« Coûte que coûte, il faut nous échapper, et, lorsque le moment propice me semblera venu, je ferai l'impossible pour sortir d'ici, mais, pour moi, je veux être libre et non un prisonnier échangé quand je paraîtrai devant mes camarades et je veux aussi garder ma vie pour me retrouver, revolver ou sabre en main, face à face avec le brigand qui, par surprise, s'est emparé de nous. »

Si le capitaine Hardigan et M. de Schaller méditaient des plans d'évasion, Pistache et M. François, quelque décidés qu'ils fussent à suivre leurs chefs, comptaient davantage sur le secours du dehors, et peut-être même sur l'intelligence de leur ami Coupe-à-cœur.

Telle était, de fait, la situation, il fallait bien le reconnaître.

On ne l'a point oublié, depuis leur départ, Coupe-à-cœur avait suivi les prisonniers jusqu'à Zenfig, sans que les Touareg eussent voulu le chasser. Mais, lorsque le capitaine Hardigan et ses compagnons furent conduits au bordj, on ne laissa point le fidèle animal les y rejoindre. Était-ce intentionnellement? Il eût été difficile de se prononcer. Ce qui n'est pas douteux, c'est que tous regrettaient de ne point l'avoir avec eux. Et, pourtant, s'il eût été là, quel service aurait-il pu leur rendre, si intelligent et si dévoué qu'il fût?

« On ne sait pas on ne sait pas, répétait le brigadier Pistache en causant avec M. François. Les chiens ils ont des idées d'instinct que n'ont pas les hommes. En parlant à Coupe-à-cœur de son maître Nicol, de son ami Va-d'l'avant, peut-être que de lui-même il se lancerait à leur recherche? Il est vrai que, puisque nous ne pouvons sortir de cette maudite cour, Coupe-à-cœur ne le pourrait pas non plus! N'importe, je voudrais l'avoir ici! Et pourvu que ces brutes ne lui fassent point de mal! »

M. François se contenta de hocher la tête sans répondre, en frottant son menton et ses joues, déjà rudes sous la poussée des premiers poils.

Les prisonniers, ayant vainement attendu qu'on leur apportât quelque nourriture, n'avaient plus qu'à prendre un peu de repos dont ils sentaient grand besoin. Après s'être étendus sur les bottes d'alfa, tous parvinrent à s'endormir plus ou moins tard, et ils se réveillèrent d'une assez mauvaise nuit dès la pointe du jour.

« De ce que nous n'avons pas soupé hier soir, objecta justement M. François, faut-il en conclure que nous ne déjeunerons pas ce matin?

— Ce serait fâcheux, je dirais même déplorable! » répliqua le brigadier Pistache qui bâillait à se décrocher les mâchoires, non pas de sommeil, cette fois, mais de faim.

EN CAPTIVITÉ. 193

Tous parcoururent la cour intérieure. (Page 189.)

Les prisonniers ne tardèrent pas à être fixés sur cette très intéressante question. Une heure après, Ahmed et une douzaine de Touareg pénétraient dans la cour et y déposaient du même gâteau que celui de la veille, de la viande froide, des dattes, de quoi suffire à six personnes pour une journée. Quelques cruches contenaient une bonne quantité d'eau, puisée à l'oued qui traversait l'oasis de Zenfig.

Une fois encore, le capitaine Hardigan voulut connaître le sort que le chef touareg leur réservait, et il questionna Ahmed.

Celui-ci, pas plus que Sohar la veille, ne consentit à répondre. Il avait sans doute des ordres à ce sujet, et il quitta la cour sans avoir prononcé une seule parole. Trois jours s'écoulèrent et n'apportèrent aucun changement à la situation. Chercher à s'évader du bordj, c'était impossible, du moins en escaladant les hautes murailles, escalade impossible à effectuer faute d'échelle. Peut-être, ces murs franchis en profitant de l'obscurité, le capitaine Hardigan et ses compagnons auraient-ils pu s'enfuir à travers l'oasis? Il ne semblait même pas que le bordj fût surveillé extérieurement, et, ni le jour ni la nuit, un bruit de pas ne résonnait sur le chemin de ronde. A quoi bon d'ailleurs, les murs opposaient un obstacle infranchissable et la porte de la cour n'aurait pu être forcée.

Du reste, dès le premier jour de leur incarcération, le brigadier Pistache avait pu reconnaître la disposition de l'oasis. A la suite de maints efforts, et non sans avoir risqué cent fois de se rompre le cou, il était parvenu, en montant l'escalier délabré, à atteindre l'extrémité du minaret, décoiffé de sa calotte supérieure.

De là, en regardant à travers les dernières embrasures, assuré de ne point être aperçu, il avait observé le large panorama qui se déroulait à ses yeux.

Sous lui, autour du bordj, s'étendait la bourgade entre les arbres de l'oasis de Zenfig. Au delà se prolongeait le territoire de l'Hinguiz sur une longueur de trois à quatre kilomètres à l'est et à l'ouest. Face au nord se rangeaient les habitations en plus grand nombre, très blanches au milieu de la sombre verdure. A la place occupée par l'une d'elles, à l'ensemble des constructions que ses murs entouraient, au mouvement qui se produisait devant sa porte, au nombre d'étendards dont la brise déployait l'étamine au-dessus de son entrée, le brigadier se dit, non sans raison, que cette habitation devait être la demeure de Hadjar, et il ne se trompait pas.

Dans l'après-midi du 20, ayant repris son poste d'observation à l'extrémité du minaret, le brigadier remarqua une grande animation dans la bourgade dont les maisons se vidaient peu à peu. Et même, à travers l'oasis, il semblait bien que nombre d'indigènes arrivaient des divers points de l'Hinguiz. Et ce n'étaient point des caravanes de commerce, car aucun mehari, aucune bête de somme ne les accompagnait.

Qui sait si, à l'appel de Hadjar, une importante assemblée ne se réunissait pas ce jour-là à Zenfig? Et, de fait, la place principale fut bientôt envahie par une foule nombreuse.

Voyant ce qui se passait, le brigadier se dit que son capitaine devait en être informé, et il l'appela.

Le capitaine Hardigan n'hésita pas à rejoindre Pistache dans l'étroit réduit du minaret, mais ce ne fut pas sans de pénibles efforts qu'il parvint à se hisser près de lui.

Pas d'erreur, pas de doute, une sorte de palabre comptant plusieurs centaines de Touareg était réuni en ce moment à Zenfig. Des cris, on les entendait, des gestes, on les voyait du haut de la « souma'ah », et cette effervescence ne prit fin qu'à l'arrivée d'un personnage, suivi d'un homme et d'une femme, qui sortirent de la maison indiquée par le brigadier comme devant être celle du chef touareg.

« C'est Hadjar, c'est lui! s'écria le capitaine Hardigan. Je le reconnais.

— Vous avez raison, mon capitaine, répondit Pistache, et je le reconnais aussi. »

C'était Hadjar, en effet, avec sa mère Djemma, son frère Sohar, et, dès leur entrée sur la place, ils furent acclamés.

Puis le silence se fit. Hadjar, entouré de la foule, prit la parole et, pendant une heure, parfois interrompu par des clameurs enthousiastes, il harangua cette masse d'indigènes. Mais les discours qu'il prononça ne pouvaient être entendus du capitaine ni du brigadier. De nouveaux cris furent poussés, lorsque la réunion s'acheva, et, Hadjar ayant regagné son habitation, la bourgade retrouva sa tranquillité habituelle.

Le capitaine Hardigan et Pistache redescendirent aussitôt dans la cour, et firent part à leurs compagnons de ce qu'ils avaient observé.

« Je pense, dit l'ingénieur, que cette réunion aura été faite pour protester contre l'inondation des chotts, et qu'elle sera suivie de quelque nouvelle agression, sans doute.

— Je le crois aussi, déclara le capitaine Hardigan. Cela pourrait indiquer que Pointar s'est réinstallé à la section de Goleah.

— A moins qu'il ne s'agisse de nous, dit le brigadier Pistache, et que tous ces coquins n'aient été réunis que pour assister au massacre des prisonniers ! »

Un long silence suivit cette observation. Le capitaine et l'ingénieur avaient échangé un regard qui trahissait leurs secrètes pensées. Que le chef targui fût résolu à exercer des représailles, qu'il voulût donner l'exemple d'une exécution publique, que diverses tribus de l'Hinguiz eussent été convoquées à Zenfig dans ce but, n'y avait-il pas lieu de le craindre ? Et, d'autre part, comment conserver l'espoir qu'un secours quelconque pût arriver, soit de Biskra, soit de Goleah, puisque le lieutenant Villette devait ignorer à quel endroit les prisonniers avaient été conduits, et aussi entre les mains de quelle tribu ils étaient tombés ?

Or, avant de descendre du minaret, le capitaine Hardigan et le brigadier avaient une dernière fois parcouru du regard toute la partie du Melrir qui s'étendait devant eux. Désert au nord comme au sud, déserte également la portion qui se prolongeait à l'est et à l'ouest des deux côtés de l'Hinguiz, qui deviendrait île après l'inondation du chott. Aucune caravane ne se montrait, à travers la vaste dépression. Quant au détachement du lieutenant Villette, en admettant que ses recherches l'eussent amené vers Zenfig, qu'auraient pu faire ses quelques hommes contre la bourgade ?

Il n'y avait donc plus qu'à attendre les évènements et dans quelles appréhensions ! D'un instant à l'autre, la porte du bordj n'allait-elle pas s'ouvrir pour donner passage à Hadjar et aux siens ?

Serait-il possible de leur résister, si le chef targui les faisait entraîner vers la place pour être mis à mort ? Et, ce qui ne serait pas fait aujourd'hui, ne se ferait-il pas demain ?

La journée s'écoula, cependant, et sans apporter aucun changement à la situation. Les quelques provisions déposées le matin dans la cour leur suffirent, et, le soir venu, ils vinrent s'étendre sur la litière d'alfa, dans la chambre où ils avaient passé les nuits précédentes.

Mais ils y étaient depuis une demi-heure à peine, lorsqu'un bruit se fit entendre au dehors. Est-ce donc que quelque Targui remontait le chemin de ronde ? Est-ce que la porte allait s'ouvrir ? Est-ce que Hadjar envoyait chercher les prisonniers ?

Le brigadier s'était levé aussitôt, et, blotti contre la porte, il écoutait.

Ce n'était pas un bruit de pas qui arrivait à son oreille, mais plutôt une sorte de jappement sourd et plaintif. Un chien rôdait le long du sour extérieur.

« Coupe-à-cœur c'est lui ! c'est lui ! » s'écria Pistache.

Et, se couchant au ras du seuil.

« Coupe-à-cœur Coupe-à-cœur ! répéta-t-il C'est toi, mon bon chien ? »

L'animal reconnut la voix du brigadier comme il eût reconnu celle de son maître Nicol, et répondit par de nouveaux aboiements à demi contenus.

« Oui c'est nous Coupe-à-cœur c'est nous ! répétait encore Pistache Ah ! si tu pouvais retrouver le maréchal, et son vieux frère, ton ami Va d'l'avant… Va-d'l'avant… entends-tu, et les prévenir que nous sommes enfermés dans cette cassine ! »

Le capitaine Hardigan et les autres s'étaient rapprochés de la porte. S'ils avaient pu se servir du chien pour communiquer avec leurs compagnons ! Un billet attaché à son collier ! Et qui sait si, rien que par son instinct, le fidèle animal n'aurait pas retrouvé le lieutenant ? Et Villette, apprenant où étaient ses compagnons, aurait pris des mesures pour les délivrer !

Dans tous les cas, il ne fallait pas que Coupe-à-cœur fût surpris dans le chemin de ronde à la porte du bordj. Aussi le brigadier lui répéta-t-il :

« Va… mon chien… va ! »

Coupe-à-cœur le comprit, car il s'en alla, après avoir donné un dernier jappement d'adieu.

Le lendemain, comme la veille, des provisions furent apportées dès la première heure, et il y eut lieu de penser que la situation des prisonniers ne serait pas encore modifiée ce jour-là.

Pendant la nuit suivante, le chien ne revint pas, du moins, Pistache qui le guettait ne l'entendit point. Et il se demanda si le pauvre animal n'avait pas reçu quelque mauvais coup et si on ne devait plus le revoir.

Les deux journées qui suivirent ne se signalèrent par aucun incident, et l'on ne constata aucune nouvelle animation dans la bourgade.

Le 24, vers onze heures, le capitaine Hardigan, en observation au haut du minaret, remarqua un certain mouvement à Zenfig. Il se faisait comme un tumulte de chevaux, un bruit d'armes qui n'était pas habituel. En même temps, la population se porta en masse sur la place principale, vers laquelle se dirigeaient de nombreux cavaliers.

Était-ce donc ce jour-là que le capitaine Hardigan et ses compagnons allaient y être amenés devant Hadjar ?

Non, cette fois encore, il n'en fut rien. Tout, au contraire, annonçait un prochain départ du chef targui. A cheval, au milieu de la place, il passait en revue une centaine de Touareg, montés comme lui.

Une demi-heure après, Hadjar se mettait à la tête de cette troupe, et, au sortir de la bourgade, il se dirigeait vers l'est de l'Hinguiz.

Le capitaine redescendit aussitôt dans la cour et annonça ce départ à ses compagnons.

« C'est quelque expédition contre Goleah, où les travaux auront été repris, sans doute, dit l'ingénieur.

— Et qui sait si Hadjar ne va pas se rencontrer avec Villette et son détachement? observa le capitaine.

— Oui... tout est possible, mais ça n'est pas sûr, répondit le brigadier. Ce qui est certain toutefois, c'est que, puisque Hadjar et ses gueux ont quitté la bourgade, c'est le moment de fuir.

— Comment? » demanda un des spahis.

Oui... comment? comment profiter de l'occasion qui venait de se présenter? Les murs du bordj n'étaient-ils pas toujours infranchissables? La porte, solidement fermée à l'extérieur, pouvait-elle être forcée? D'autre part, de qui attendre un secours?

Il vint pourtant, ce secours, et voici dans quelles conditions.

Pendant la nuit suivante, ainsi qu'il l'avait fait une première fois, le chien fit entendre de sourds aboiements, en même temps qu'il grattait le sol près de la porte.

Guidé par son instinct, Coupe-à-cœur avait découvert une brèche sous cette partie du mur, un trou à demi comblé de terre qui communiquait de l'extérieur à l'intérieur.

Et, tout à coup, le brigadier, qui ne s'y attendait guère, le vit apparaître dans la cour.

Oui! Coupe-à-cœur était près de lui, sautant, aboyant, et il eut quelque peine à contenir le brave animal.

Aussitôt, le capitaine Hardigan, M. de Schaller, les autres de se jeter hors de la chambre, et, le chien revenant au trou qu'il venait de franchir, ils le suivirent.

Là était l'orifice d'un étroit boyau, dont il suffirait d'enlever un peu de pierres et de terre pour qu'un homme pût s'y glisser.

« En voilà une chance ! » s'écria Pistache.

Oui, bien inattendue et dont il fallait profiter cette nuit même, avant que Hadjar ne fût de retour à Zenfig.

Et, pourtant, traverser la bourgade puis l'oasis ne serait pas sans offrir de sérieuses difficultés ! Comment les fugitifs se dirigeraient-ils au milieu de cette obscurité profonde ? Ne risquaient-ils pas d'être rencontrés, même par la troupe de Hadjar ? Et les cinquante kilomètres qui les séparaient de Goléah, comment les franchiraient-ils, sans vivres, n'ayant pour se nourrir que les fruits ou les racines des oasis ?

Aucun d'eux ne voulut rien voir de ces dangers. Ils n'hésitèrent pas un instant à s'enfuir. Ils suivirent le chien vers ce trou, à travers lequel il disparut le premier.

« Passe, dit l'officier à Pistache.

— Après vous, mon capitaine », répondit le brigadier.

Il y eut certaines précautions à prendre, pour ne point provoquer un éboulement de la muraille. Les prisonniers y parvinrent, et, après une dizaine de minutes, atteignirent le chemin de ronde.

La nuit était très obscure, nuageuse, sans étoiles. Le capitaine Hardigan et ses compagnons n'auraient su en quelle direction aller si le chien n'eût été là pour les guider. Il n'eurent qu'à se fier à l'intelligent animal. Du reste, il ne se rencontrait personne aux approches du bord, sur les pentes duquel ils se laissèrent glisser jusqu'à la lisière des premiers arbres.

Il était alors onze heures du soir. Le silence régnait dans la bourgade, et des fenêtres des habitations, véritables embrasures, ne filtrait aucune lueur.

Les fugitifs marchant à pas sourds s'engagèrent à travers les

LE CHIEN LUI AVAIT SAUTÉ A LA GORGE. (Page 201.)

arbres, et, sur la limite de l'oasis, ils n'avaient rencontré personne.

Là, à ce moment, un homme, portant une lanterne allumée, parut devant eux.

Ils le reconnurent et il les reconnut.

C'était Mezaki, qui regagnait son habitation de ce côté de la bourgade.

Mezaki n'eut pas même le temps de pousser un cri. Le chien lui avait sauté à la gorge, et il tombait sans vie sur le sol.

« Bien, bien, Coupe-à-cœur », dit le brigadier.

Le capitaine et ses compagnons n'avaient plus à s'inquiéter de ce misérable qui gisait sans vie à cette place, et, d'un pas rapide, ils suivirent la lisière de l'Hinguiz en se dirigeant vers l'est du Melin.

XV

EN FUITE

C'etait après avoir mûrement réfléchi sur ce qu'il y avait à faire à la suite d'une évasion que le capitaine Hardigan avait pris cette direction de l'est. A l'opposé, sans doute, un peu au delà de la lisière occidentale du Melrir, se trouvait la piste fréquentée de Touggourt que suivait le tracé du Transsaharien, et d'où il aurait été facile de gagner Biskra avec sécurité en temps ordinaire. Mais cette partie du chott, il ne la connaissait pas, étant venu par l'est de Goleah à Zenfig, et remonter l'Hinguiz vers l'ouest, c'était non seulement l'inconnu, mais le risque d'y rencontrer des gens postes par Hadjar pour surveiller les troupes pouvant arriver de Biskra par ce côté. D'ailleurs le parcours était à peu près égal entre Zenfig et le terminus du canal. Les ouvriers pouvaient être revenus en force au chantier. Et puis, à rallier Goleah, peut-être rejoindrait-on le détachement du lieutenant Villette qui devait plutôt effectuer ses recherches en cette portion du Djerid. Enfin, de ce côté s'était élancé Coupe-à-cœur à travers l'oasis et, comme le pensait le brigadier, il avait « ses raisons pour cela ! » et ne convenait-il pas de s'en rapporter à la sagacité de Coupe-à-cœur ? Aussi avait-il dit :

« Mon capitaine, il n'y a qu'à le suivre ! Il ne se trompera pas ! Et d'ailleurs, il voit la nuit comme le jour ! Je vous l'affirme, c'est un chien qui a des yeux de chat ! »

— Suivons-le », avait répondu le capitaine Hardigan.

C'était ce qu'il y avait de mieux à faire. Au milieu de cette obs-

obscurité profonde, dans le dédale de l'oasis, les fugitifs auraient risqué d'errer autour de la bourgade sans s'en éloigner. Très heureusement, à se laisser guider par Coupe-à-cœur, ils atteignirent assez promptement la lisière septentrionale de l'Hinguiz et n'eurent qu'à en longer la rive.

Il était d'autant plus nécessaire de ne point s'en écarter, que, en dehors, le Melrir ne présentait qu'un sol dangereux, troué de fondrières desquelles il eût été impossible de se tirer. Les passes praticables qui circulaient entre elles n'étaient connues que des Touareg de Zenfig et des bourgades voisines, qui faisaient métier de guides, et, le plus souvent, n'offraient leurs services que pour piller les caravanes.

Les fugitifs marchaient d'un pas rapide, et n'avaient eu aucune mauvaise rencontre, lorsque, le jour se levant, ils firent halte dans un bois de palmiers. Étant donnée la difficulté de s'aventurer en pleines ténèbres, ils ne devaient pas estimer à plus de sept ou huit kilomètres la distance parcourue pendant cette étape. Il en resterait donc une vingtaine pour atteindre la pointe extrême de l'Hinguiz, et, au delà, à peu près autant à travers le chott, jusqu'à l'oasis de Goléah.

En cet endroit, fatigué de cette marche de nuit, le capitaine Hardigan jugea à propos de se reposer une heure. Ce bois était désert, et les bourgades les plus rapprochées occupaient la limite méridionale de cette future île centrale. Il serait donc facile de les éviter. Du reste, aussi loin que le regard pouvait s'étendre vers l'est, la troupe de Hadjar ne se laissait point apercevoir. Partie de Zenfig depuis une quinzaine d'heures, elle devait être loin déjà.

Mais, si la fatigue obligeait les fugitifs à prendre un peu de repos, ce repos ne suffisait pas à les remettre, s'ils ne se procuraient quelque nourriture. Les provisions ayant été épuisées pendant les dernières heures passées au bordj, ils ne pouvaient compter que sur les fruits à cueillir en traversant les oasis de l'Hinguiz, rien que des dattes, des baies et peut-être aussi certaines racines comestibles que connaissait bien Pistache. Le briquet et l'amadou ne manquaient ni aux uns ni aux autres, et, cuites sur un feu de bois sec, ces racines fourniraient une alimentation plus substantielle.

Oui, dans ces conditions, il y avait lieu d'espérer que le capitaine Hardigan et ses compagnons satisferaient leur faim, leur soif aussi, car plusieurs oueds sillonnaient l'Hinguiz. Peut-être même attraperaient-ils quelque gibier de poil ou de plume avec le concours de Coupe-à-cœur. Mais toute chance de ce genre s'évanouirait, lorsqu'ils feraient route à travers les plaines sablonneuses du chott, sur ces terrains salifères où ne poussaient que quelques touffes de driss, impropres à l'alimentation.

Après tout, puisque les prisonniers étaient venus en deux jours, sous la conduite de Sohar, de Goleah à Zenfig, les fugitifs mettraient-ils plus de temps de Zenfig à Goleah? Oui, assurément, et pour deux raisons : la première c'est qu'ils n'avaient pas de chevaux cette fois, la seconde, c'est que, ne connaissant pas les passes praticables, leur marche serait forcément retardée à chercher.

« Somme toute, observa le capitaine, il ne s'agit que d'une cinquantaine de kilomètres. Ce soir, nous en aurons fait la moitié. Après une nuit de repos, on se remettra en route, et, même s'il faut le double de temps pour l'autre moitié, nous serons en vue des berges du canal dans la soirée d'après-demain. »

Après cette halte d'une heure, s'étant nourris uniquement de dattes, les fugitifs suivirent le long de la lisière, en se dissimulant de leur mieux. Le temps était couvert. A peine si quelques rayons de soleil filtraient entre les déchirures de nuages. Même la pluie menaçait, mais par bonne chance elle ne tomba pas.

La première étape prit fin à midi. Aucune alerte ne s'était produite. On n'avait pas rencontré un seul indigène. Quant à la bande de Hadjar, nul doute qu'elle ne fut déjà de trente ou quarante kilomètres dans l'est.

La halte dura une heure. Les dattes ne manquaient point, et le brigadier déterra des racines qu'on fit cuire sous la cendre. On s'en nourrit tant bien que mal, et Coupe-à-cœur dut s'en contenter.

Le soir, vingt-cinq kilomètres avaient été franchis depuis Zenfig, et le capitaine Hardigan s'arrêtait à la pointe est de l'Ilinguiz.

C'était sur la bordure de la dernière oasis. Au delà s'étendaient les vastes solitudes de la dépression, l'immense aire étincelante d'efflorescences salines, sur laquelle, faute de guide, le cheminement allait être non moins difficile que dangereux. Mais enfin les prisonniers étaient loin de leur prison, et si Ahmet et autres s'étaient mis à les poursuivre, du moins n'avaient-ils pas retrouvé leurs traces.

Tous avaient grand besoin de repos. Quelque intérêt qu'ils eussent à gagner au plus tôt Goléah, ils durent passer la nuit en cet endroit. D'ailleurs, se hasarder au milieu de l'obscurité sur ces terrains mouvants au delà de l'Ilinguiz aurait été trop imprudent. C'est à peine s'ils s'en tireraient en plein jour! N'ayant point à craindre le froid à cette époque de l'année et sous cette latitude, ils se blottirent au pied d'un bouquet de palmiers.

Sans doute, il eut été sage que l'un d'eux surveillât les approches de ce campement. Le brigadier s'offrit même pour rester de garde pendant les premières heures, quitte à être relevé par les deux spahis. Tandis que ses compagnons tombaient dans un lourd sommeil, il se tint à son poste en compagnie de Coupe-à-cœur. Mais, à peine un quart d'heure écoulé, Pistache ne put résister à l'envie de dormir. Ce fut presque inconsciemment qu'il s'assit d'abord, puis s'étendit sur le sol, et ses yeux se fermèrent malgré lui.

Heureusement le fidèle Coupe-à-cœur faisait meilleure garde, et ce fut heureux, car, un peu avant minuit, les sourds aboiements qui lui échappèrent réveillèrent les dormeurs.

« Alerte... alerte! » s'écria le brigadier, qui venait de se relever brusquement.

En un instant, le capitaine Hardigan se retrouva sur pied.

« Écoutez, mon capitaine! » dit Pistache.

Un violent tumulte se produisait sur la gauche du bouquet d'arbres, un bruit de branches brisées, de buissons déchirés, à quelques centaines de pas de là.

« Est-ce donc que les Touareg de Zenfig nous poursuivent et seraient sur notre piste? »

Et pouvait-il être douteux que, l'évasion des prisonniers constatée, les Touareg ne fussent lancés à leur poursuite?

Le capitaine Hardigan, après avoir prêté l'oreille, fut d'accord avec le brigadier pour dire :

« Non... ce ne sont pas des indigènes! Ils auraient essayé de nous surprendre! Ils ne feraient pas ce bruit! »

— Mais alors? demanda l'ingénieur.

— Ce sont des animaux... des fauves, qui rôdent à travers l'oasis », déclara le brigadier.

En effet, le campement n'était point menacé par les Touareg, mais par un ou plusieurs lions, dont la présence n'en constituait pas moins un grand danger. S'ils se jetaient sur le campement, serait-il possible de leur résister, sans une arme pour se défendre?

Le chien donnait les signes de la plus vive agitation. Le brigadier eut grand'peine à le contenir, à l'empêcher d'aboyer, et de se jeter vers l'endroit où les hurlements éclataient avec fureur.

Que se passait-il donc? Est-ce que ces fauves se battaient entre eux, se disputaient une proie avec cet acharnement? Est-ce qu'ils avaient découvert les fugitifs sous le bouquet d'arbres? Est-ce qu'ils allaient se précipiter sur eux?

Il y eut là quelques minutes de profonde anxiété. S'ils avaient été découverts, le capitaine Hardigan et ses compagnons seraient vite rejoints ! Mieux valait attendre, attendre à cette place, et, tout d'abord, se hisser sur les arbres pour éviter une attaque.

Ce fut l'ordre que donna le capitaine, et il allait être exécuté, lorsque le chien, s'échappant des mains du brigadier, disparut vers la droite du campement.

« Ici Coupe-à-cœur ! ici » cria Pistache.

Mais l'animal, ou ne l'entendit pas ou ne voulut pas l'entendre, et ne revint pas.

En ce moment, ce tumulte, ces hurlements semblèrent s'éloigner. Peu à peu, ils diminuèrent, et finirent par cesser. Et les seuls bruits encore perceptibles ne furent que les aboiements de Coupe-à-cœur qui ne tarda pas à reparaître.

« Partis ces fauves sont assurément partis ! dit le capitaine Hardigan. Ils n'avaient point vent de notre présence ! Nous n'avons plus rien à craindre.

— Mais qu'a donc Coupe-à-cœur ? s'écria Pistache qui, en caressant le chien, sentait ses mains humides de sang. Est-ce qu'il est blessé ? Est-ce qu'il a reçu là-bas quelque coup de griffe ? »

Non Coupe-à-cœur ne se plaignait pas. Il gambadait, il sautait, il allait vers la droite et revenait aussitôt. On eût dit qu'il cherchait à entraîner le brigadier de ce côté, et, comme celui-ci se disposait à le suivre :

« Non restez, Pistache, ordonna le capitaine. Attendons la pointe du jour, et nous verrons ce qu'il faudra faire. »

Le brigadier obéit. Chacun reprit la place qu'il avait quittée aux premiers hurlements des fauves, et aussi son sommeil si brusquement interrompu.

Ce sommeil ne fut pas troublé, et, quand les fugitifs se réveillèrent, le soleil commençait à déborder l'horizon à l'orient du Melrir.

Mais voici que Coupe-à-cœur s'élança sous bois, et, quand il revint, cette fois, il fut constaté que son poil portait des traces d'un sang frais.

« Décidément, dit l'ingénieur, il y a la quelque bête blessée ou morte. Un de ces lions qui se sont battus entre eux.

— Dommage que ça ne soit pas bon à manger, car on en mangerait ! dit un des spahis.

— Allons voir », répondit le capitaine Hardigan.

Tous suivirent le chien qui les guidait en aboyant, et, à une centaine de pas, ils trouvèrent un animal qui nageait dans son sang.

Ce n'était point un lion, mais une antilope de grande taille, que les fauves avaient étranglée, pour laquelle ils s'étaient battus sans doute, et qu'ils avaient abandonnée, tant la fureur les excitait les uns contre les autres.

« Ah ! fameux cela... fameux ! » s'écria le brigadier. Voilà un gibier que nous n'aurions jamais pris ! Il arrive à propos, et nous aurons une réserve de viande pour tout notre voyage ! »

C'était là, vraiment, une heureuse chance ! Les fugitifs n'en seraient plus réduits aux racines et aux dattes. Les spahis et Pistache se mirent aussitôt à la besogne, et détachèrent les meilleurs morceaux de l'antilope dont ils donnèrent sa part à Coupe-à-cœur. Cela faisait quelques kilos de bonne chair qu'ils rapportèrent au campement. On alluma du feu, on plaça quelques tranches sur les charbons ardents, et, si tous se régalèrent de succulentes grillades, il n'y a pas lieu d'y insister.

En vérité, chacun avait repris de nouvelles forces après ce déjeuner inattendu où la viande remplaçait les fruits. Et, dès qu'il fut terminé à la satisfaction générale :

« En route, dit le capitaine Hardigan. Il ne faut pas s'attarder une poursuite des Touareg de Zenfig est toujours à redouter. »

En effet, et, avant de quitter leur campement, les fugitifs observèrent-ils avec grande attention toute cette lisière de l'Hinguiz qui se prolongeait vers la bourgade. Elle était déserte, et, sur toute l'étendue du chott, à l'est comme à l'ouest, ne se montrait aucune créature vivante. Et, non seulement les fauves et les ruminants ne s'aventuraient jamais sur ces régions désolées,

Ce n'était point un lion, mais une antilope... (Page 208.)

mais les oiseaux eux-mêmes ne les traversaient point à tire-d'aile. Et pourquoi l'eussent-ils fait? puisque les diverses oasis de l'Hinguiz leur procuraient des ressources que n'aurait pas fournies l'aride surface du chott?

D'ailleurs, à cette observation que fit le capitaine Hardigan:

« Ils en deviendront les hôtes habituels, répondit l'ingénieur: oiseaux de mer, du moins, goélands, mouettes, frégates, alcyons, lorsque le Melrir sera changé en un vaste lac, et, sous les eaux, se glisseront les poissons et les cétacés méditerranéens ! Et je crois déjà voir, à toute voile ou à toute vapeur, les flottilles de guerre et de commerce sillonner la nouvelle mer !

— En attendant que le chott soit rempli, monsieur l'ingénieur, déclara le brigadier Pistache, m'est avis qu'il faut profiter de ce qu'il ne l'est pas encore pour regagner le canal. A espérer qu'un bâtiment vienne nous prendre où nous sommes, il y aurait de quoi perdre patience...

— Sans doute, répondit M. de Schaller, mais je persiste à penser que la complète inondation du Rharsa et du Melrir s'effectuera en moins de temps qu'on ne l'a supposé...

— A ne pas durer plus d'un an, répliqua en riant le capitaine, ce serait trop pour nous ! Et, dès que nos préparatifs seront terminés, je donnerai le signal du départ.

— Allons, monsieur François, dit alors le brigadier, il va falloir jouer des jambes, et puissiez-vous faire bientôt une halte dans une bourgade qui possédera une boutique de barbier, car nous finirions par avoir une barbe de sapeur !..

— De sapeur ! » murmura M. François, qui ne se reconnaissait déjà plus lorsque les eaux d'un oued lui reflétaient son visage.

Les préparatifs ne pouvaient être ni longs ni compliqués dans les conditions où se trouvaient alors les fugitifs. Cependant, ce qui les retarda un peu ce matin-là, ce fut la nécessité d'assurer leur nourriture pour les deux jours de marche jusqu'à Goléah. Ils n'avaient à leur disposition que les morceaux de l'antilope dont une partie seulement était consommée. Or, pendant cette traversée du Melrir, où le bois ferait défaut, comment allumer du feu?.. Ici, du moins, le combustible ne manquait pas, et les branches, rompues par les violentes rafales du Djerid, jonchaient le sol.

Le brigadier et les deux spahis procédèrent donc à cette besogne. En une demi-heure, des tranches de cette excellente viande eurent grillé sur les charbons. Puis, lorsqu'elles furent refroidies, Pistache les réunit en six parts égales et chacun prit la sienne, qu'il enveloppa de feuilles fraîches.

Il était sept heures du matin, à en juger par la position du soleil au-dessus de l'horizon, qui se levait au milieu de brumes rougeâtres annonçant une chaude journée. Cette fois, durant leurs étapes, le capitaine et ses compagnons n'auraient plus l'abri des arbres de l'Henguiz contre les ardeurs des rayons solaires.

A cette regrettable circonstance il s'en joignait une autre, dont le danger était des plus sérieux. Tant que les fugitifs avaient suivi la lisière ombreuse, le risque d'être aperçus, et, dès lors, d'être poursuivis, était en grande partie diminué. Mais, lorsqu'ils franchiraient à découvert les longues nebka du chott, qui sait si leur passage ne serait pas signalé? Et, si quelque bande de Touareg croisait leur route, où se réfugier pour éviter leur rencontre? Et puis, si, ce jour-là ou le lendemain, Hadjar et sa troupe revenaient vers Zenfig?

Qu'on ajoute à ces périls les difficultés de la marche sur ces terrains mouvants du Melrir, dont ni l'ingénieur ni le capitaine ne connaissaient les passes, et l'on se rendra compte des dangers que présentait ce parcours de vingt-cinq kilomètres entre la pointe de l'Henguiz et le chantier de Goléah!

Le capitaine Hardigan et M. de Schaller n'étaient pas sans y avoir réfléchi, et ils y songeaient encore. Mais ces redoutables éventualités, il fallait à tout prix s'y exposer. En somme, tous étaient énergiques, vigoureux, capables de grands efforts.

« En route! dit le capitaine.

— Oui, en route, bonne troupe! » répondit le brigadier Pistache qui, non sans raison, crut devoir modifier ainsi la vieille locution populaire.

XVI

LE TELL.

Il était un peu plus de sept heures lorsque le capitaine Hardigan et ses compagnons quittèrent la pointe. La nature particulière du sol commandait de n'avancer qu'avec grande précaution. Les efflorescences de sa surface ne permettaient pas de reconnaître s'il offrait une résistance suffisante et si, à chaque pas, on ne risquait pas de s'enlizer dans une fondrière.

L'ingénieur, d'après les sondages du capitaine Roudaire et ceux qu'il avait faits lui-même, savait à quoi s'en tenir sur la composition de ces terrains dont la couche forme le fond des sebkha et des chotts. A la partie supérieure s'étend une croûte salifère, sujette à de certaines oscillations très sensibles. Audessous, les sables se mélangent de marnes, parfois fluides, où l'eau entre pour les deux tiers, ce qui leur enlève toute consistance. Parfois les sondes ne rencontrent la roche qu'à de grandes profondeurs. Il n'y a donc pas lieu de s'étonner si hommes et chevaux disparaissaient dans ces couches semi-liquides, comme si le sol se dérobait sous eux, et sans qu'il fût possible de leur porter secours.

Il eût été à souhaiter que, au sortir de l'Hinguiz, les fugitifs retrouvassent les empreintes du passage de Hadjar et de sa troupe de Touareg à travers cette partie du chott. Des traces de pas sur la croûte blanche n'auraient pas encore eu le temps de s'effacer, puisque ni le vent ni la pluie n'avaient balayé l'est du Melrir depuis quelques jours. Dans ce cas, il n'y aurait eu qu'à

M. François s'enlize jusqu'à mi-corps. (Page 217.)

les suivre pour ne point s'écarter des passes bien connues des indigènes jusqu'à l'oasis de Goléah, vers laquelle vraisemblablement se dirigeait le chef targui. Mais ce fut en vain que M. de Schaller rechercha ces vestiges, et il fallut en conclure que la bande n'avait pas longé jusqu'à son extrême pointe les bords de l'Hinguiz.

Pendant le cheminement, le capitaine et l'ingénieur se tenaient en tête, précédés du chien qui courait en éclaireur. Avant de s'engager dans telle ou telle direction, ils essayaient de déterminer la composition du sol, examen que la longue nappe salifère rendait assez difficile. La marche ne s'effectuait qu'avec lenteur. Aussi cette première étape, lorsqu'elle eut pris fin vers onze heures, ne comprenait-elle qu'un parcours de quatre à cinq kilomètres. Il fallut alors faire halte, autant pour se reposer que pour manger. Il n'y avait en vue ni une oasis, ni un bois, ni même un bouquet d'arbres. Seule, une légère tumescence sablonneuse rompait l'uniformité de la plaine à quelque cent pas.

« Nous n'avons pas le choix », dit le capitaine Hardigan.

Tous se dirigèrent vers cette petite dune et s'assirent du côté que ne frappaient point les rayons du soleil. Chacun tira de sa poche un morceau de viande. Mais ce fut en vain que le brigadier chercha un « ras » pour y puiser un peu d'eau potable. Aucun oued ne traversait cette portion du Melrir, et la soif ne put être apaisée qu'avec les quelques dattes cueillies au dernier campement.

Vers midi et demi la marche fut reprise, et se continua non sans grosse fatigue ni grandes difficultés. Autant que cela se pouvait, le capitaine Hardigan essayait de maintenir sa direction vers l'est en se basant sur la position du soleil. Mais, presque à chaque instant, le sable se dérobait sous les pieds. La dépression ne comportait alors qu'une cote assez faible, et, assurément, lorsqu'il serait inondé, ce serait entre l'Hinguiz et l'orée du canal que le chott mesurerait sa plus grande profondeur, soit environ une trentaine de mètres au-dessous du niveau de la mer.

C'est ce que fit observer l'ingénieur, et il ajouta :

« Je ne m'étonne donc pas que le sol, de ce côté, soit plus mouvant qu'ailleurs. Pendant la saison des pluies, ces fonds doivent recevoir toutes les eaux courantes du Melrir, et ils ne peuvent jamais se raffermir.

— Il est fâcheux que nous ne puissions les éviter, observa le capitaine, quant à remonter au nord ou redescendre au sud, sans être assurés de trouver une meilleure route, ce serait du temps perdu, et nous n'avons pas un jour à perdre. Notre direction nous mène, en somme, au point le plus rapproché que nous puissions atteindre, et mieux vaut ne pas la modifier.

— Ce n'est pas douteux, déclara M. de Schaller, et il ne l'est pas non plus que Hadjar et sa bande, s'ils se rendaient au kilomètre 347, n'ont pas suivi cette route. »

En effet, on ne retrouvait aucune trace de leur passage.

Quelle pénible marche et combien lente ! et quelle difficulté de se maintenir sur les passes. Coupe-à-cœur, toujours en avant, revenait de lui-même lorsqu'il sentait fléchir la croûte blanche. Il fallait alors s'arrêter, tâter le terrain, se rejeter soit à droite soit à gauche, parfois d'une cinquantaine de mètres, et le cheminement s'allongeait de multiples détours. Dans ces conditions, cette seconde étape ne fit pas gagner plus d'une heue et demie. Le soir venu, ils s'arrêtèrent, à bout de forces, et, d'ailleurs, n'en eussent-ils pas eu l'impérieux besoin, comment auraient-ils pu s'aventurer dans une marche nocturne.

Il était cinq heures du soir. Le capitaine Hardigan avait bien compris que ses compagnons seraient incapables d'aller plus loin. Et, cependant, l'endroit était peu propice à un campement de nuit. Rien que la plaine plate. Pas même un ressaut de sol pour s'y accoter. Aucun ras où il eût été possible de recueillir un peu d'eau potable. Pas même une touffe de driss en ces bas-fonds, ces « hofrah » où s'accumulaient les cristallisations salines. Quelques oiseaux traversaient rapidement cette région désolée pour regagner les oasis les plus rapprochées, à plusieurs heures de là sans doute, et que les fugitifs n'auraient su atteindre !

A cet instant, le brigadier, s'approchant de l'officier, lui dit :

« Mon capitaine, sauf votre respect, il me semble qu'il y aurait mieux à faire que de camper à cette place, dont les chiens touaregs ne voudraient pas !

— Et quoi donc, brigadier?

— Regardez... à moins que je ne me trompe! Est-ce que ce n'est pas comme une espèce de dune qui s'arrondit là-bas, avec quelques arbres dessus?... »

Et, de sa main tendue vers le nord-est, Pistache montrait un point du chott, distant de trois kilomètres au plus.

Tous les yeux suivirent cette direction. Le brigadier ne se trompait pas. Il y avait là, par chance, une de ces petites collines boisées, un « tell », au-dessus duquel se profilaient trois ou quatre arbres biens rares dans cette région. Si le capitaine Hardigan et ses compagnons parvenaient à l'atteindre, peut-être pourraient-ils passer la nuit dans des conditions moins mauvaises?

« C'est là qu'il faut aller... à tout prix, déclara l'officier.

— D'autant plus, ajouta M. de Schaller, que nous ne nous écarterons pas sensiblement de notre route.

— Et puis, dit le brigadier, qui sait si de ce côte le fond du chott ne sera pas meilleur pour nos pauvres pattes!

— Allons, mes amis, un dernier effort! » ordonna le capitaine Hardigan.

Et tous le suivirent.

Mais, au delà de ce tell, si, comme venait de le dire Pistache, le fond remontait, si, le lendemain, les fugitifs devaient rencontrer un terrain plus consistant, il n'en fut pas ainsi pendant la dernière heure de cette étape.

« Je n'arriverai jamais! répétait M. François.

— Si... en prenant mon bras! » répondit l'obligeant brigadier.

C'est à peine si deux kilomètres avaient été franchis, lorsque le soleil fut au moment de disparaître. La lune, au début de son premier quartier, le suivait de près et allait se cacher derrière l'horizon. Au crépuscule déjà court sous cette basse latitude succéderait une obscurité profonde. Il importait donc de mettre à profit les derniers instants du jour pour gagner le tell.

Le capitaine Hardigan, M. de Schaller, le brigadier, M. François, les deux spahis marchaient en file à pas comptés. Le sol devenait de plus en plus mauvais. La croûte cédait sous le pied, les sables fléchissaient en dessous, laissant monter l'eau qui les pénétrait. Par instants même, on enfonçait jusqu'au genou dans la couche fluide, et il n'était pas facile de s'en retirer. Il arriva même que M. François, s'étant trop écarté de la passe, s'enliza jusqu'à mi-corps, et son engloutissement eût été complet dans un de ces trous, ces « œils de mer » dont il a été déjà parlé, s'il n'eût étendu les bras.

« À moi ! à moi ! cria-t-il en se débattant de son mieux.

— Tenez bon ! tenez bon ! » cria à son tour Pistache.

Et, comme il se trouvait en avant, le brigadier s'arrêta et revint sur ses pas pour le secourir. Tous firent halte en même temps que lui. Mais il avait été devancé par Coupe-à-cœur qui, en quelques bonds, eut rejoint le malheureux M. François dont la tête et les bras émergeaient seuls, et qui se cramponna fortement au cou du robuste animal.

Enfin le digne homme sortit de cette fondrière tout humide, tout englué de marne.

Et, bien que ce ne fût pas l'instant de plaisanter, Pistache de lui dire :

« Il n'y avait rien à craindre, monsieur François, et, si Coupe-à-cœur ne m'eût prévenu, je vous aurais tiré de là, rien qu'en vous empoignant par votre barbe ! »

Ce que fut le cheminement ou, terme plus exact, le glissement pendant une heure encore à la surface de cette outâ, on ne saurait s'en rendre compte. Les fugitifs ne pouvaient plus avancer sans risquer de s'enlizer jusqu'à mi-corps. Ils rampaient sur le sable, les uns près des autres, afin de se soutenir mutuellement en cas de besoin. En cette partie de la dépression, le fond continuait à s'abaisser. C'était comme une vaste cuvette où devaient s'accumuler les eaux des ras qui alimentait le réseau hydrographique du chott.

Plus qu'une seule chance de salut : attendre le tell signalé par le brigadier Pistache. Là, sans doute, réapparaîtrait le sol résistant, jusqu'au groupe d'arbres en couronnant l'arête, et, dans ces conditions, toute sécurité serait assurée pour la nuit.

Mais, au milieu de l'obscurité, il devenait très difficile de se diriger. A peine était-il possible d'apercevoir ce tell. On ne savait plus s'il fallait prendre sur la droite ou sur la gauche.

A présent, le capitaine Hardigan et ses compagnons allaient au hasard, et seul le hasard pouvait les maintenir en bon chemin.

Enfin Coupe-à-cœur, en réalité leur véritable guide, fit entendre des aboiements précipités. Il semblait bien que le chien dût être d'une centaine de pas sur la gauche, et sur quelque hauteur.

« La butte est là, dit le brigadier.

— Oui, ajouta M. de Schaller, et nous nous en étions écartés. »

Que le chien eût trouvé le tell, et qu'il eût grimpé jusqu'aux arbres, cela ne paraissait plus douteux, et ses aboiement répétés invitaient certainement à le rejoindre.

C'est ce qui fut fait, mais au prix de quels efforts, et aussi de quels dangers ! Dès lors le sol remontait graduellement, en même temps qu'il redevenait plus solide. A sa surface se sentaient maintenant quelques rugueuses touffes de driss auxquelles les doigts pouvaient s'accrocher, et ce fut ainsi que tous, Pistache ayant donné un dernier coup de main à M. François, se trouvèrent sur le tell.

« Enfin, nous y sommes ! » s'écria le brigadier, en calmant Coupe-à-cœur qui gambadait près de lui.

Il était plus de huit heures alors. L'obscurité empêchait de rien voir aux alentours. S'étendre au pied des arbres, y prendre une nuit de repos, il n'y avait pas autre chose à faire. Mais, si le brigadier, M. François, les deux spahis ne tardèrent pas à s'endormir, c'est en vain que M. de Schaller et le capitaine Hardigan attendirent le sommeil. Trop de préoccupations, d'inquiétudes les tinrent éveillés. N'étaient-ils pas comme des naufrages jetés sur un îlot inconnu, et sans savoir s'ils pourraient le quitter ? Au pied de ce tell rencontreraient-ils des passes praticables ? Le jour venu, devraient-ils s'aventurer encore sur un sol mouvant ? Et, qui sait même si, dans la direction de Goleah, le fond du chott ne s'abaissait pas davantage ?

« A quelle distance estimez-vous que se trouve Goleah ? » demanda le capitaine Hardigan à l'ingénieur.

— A douze ou quinze kilomètres, répondit M. de Schaller.

— Nous aurions donc fait la moitié du parcours ?

— Je le pense ! »

Avec quelle lenteur s'écoulaient les heures de cette nuit du 26 au 27 avril ! L'ingénieur et l'officier durent envier leurs compagnons que la fatigue plongeait dans un lourd sommeil dont l'éclat de la foudre ne les eût pas tirés. D'ailleurs, malgré l'état électrique de l'atmosphère, aucun orage ne se déclara, et, cependant, bien que la brise fût tombée, il se produisait certaines rumeurs qui troublaient le silence.

Il était à peu près minuit lorsque ces rumeurs, auxquelles vinrent bientôt se joindre des bruits plus accentués, se firent entendre.

« Que se passe-t-il donc ? demanda le capitaine Hardigan en se redressant au pied de l'arbre contre lequel il s'accotait.

— Je ne sais trop, répondit l'ingénieur. Est-ce un orage éloigné ? Non ! il semble plutôt que certains roulements se propagent à travers le sol ! »

Il n'y aurait rien eu là d'étonnant. On ne l'a point oublié, lorsque s'effectuèrent les travaux de nivellement, M. Roudaire avait constaté que la surface du Djerid subissait des oscillations d'une amplitude assez considérable, qui gênèrent plus d'une fois ses opérations. Ces oscillations étaient dues sans doute à quelque phénomène sismique qui s'accomplissait dans les couches inférieures. Il y avait donc lieu de se demander si une perturbation de ce genre n'allait pas troubler les fonds si peu stables de cette hofra, l'une des plus accentuées du Melrir.

Le brigadier, M. François, les deux spahis venaient d'être réveillés par ces rumeurs souterraines dont l'intensité tendait à s'accroître.

En ce moment, Coupe-à-cœur donnait des signes d'une agitation toute particulière. A plusieurs reprises il descendit même jusqu'au pied du tell, et, la dernière fois qu'il en remonta, il était mouillé comme s'il sortait d'une eau profonde.

« Oui!.. de l'eau, de l'eau, répétait le brigadier, et comme qui dirait de l'eau de mer!.. Non, cette fois, ce n'est pas du sang!.. »

Cette observation visait ce qui s'était passé l'autre nuit au campement sur la pointe de l'Hinguiz, lorsque le chien reparut, son poil imbibé du sang de cette antilope étranglée par les fauves.

Et Coupe-à-cœur se secouait en éclaboussant Pistache.

Il y avait donc maintenant autour de cette butte une nappe d'eau assez profonde pour que le chien eût pu s'y plonger. Et, cependant, lorsque le capitaine Hardigan et ses compagnons l'avaient atteinte, c'était en rampant sur une marne déliquescente, non en traversant une couche liquide.

Était-ce donc un abaissement du sol qui venait de se produire, qui ramenait à la surface l'eau des terrains inférieurs, et le tell était-il transformé en îlot?..

Avec quelle impatience et quelles appréhensions les fugitifs attendirent le jour! Se rendormir, ils ne l'auraient pu. D'ailleurs l'intensité des perturbations souterraines augmentait encore. C'était à croire que les forces plutoniennes et neptuniennes luttaient entre elles sous les fonds du chott qui se modifiaient peu à peu. Parfois, même, il se produisait des secousses si violentes que les arbres se courbaient comme au passage d'une rafale et menaçaient de se déraciner.

A un moment, le brigadier, qui venait de dévaler au bas du tell, constata que les premières couches baignaient dans une nappe d'eau, dont la profondeur mesurait déjà de deux à trois pieds.

D'où venait cette eau? Les perturbations du sol l'avaient

repoussée à travers les marnes souterraines jusqu'à la surface du chott, et même n'était-il pas possible que, sous l'action de cet extraordinaire phénomène, cette surface se fût abaissée, et bien au-dessous du niveau méditerranéen?

Telle était la question que se posait M. de Schaller et, lorsque le soleil aurait reparu sur l'horizon, était-il probable qu'il pût la résoudre?

Jusqu'aux primes lueurs de l'aube, les lointaines rumeurs qui paraissaient venir de l'est ne cessèrent de troubler l'espace. Il se produisit aussi, à intervalles réguliers, des secousses assez fortes pour que le tell en frémît sur sa base, le long de laquelle l'eau se précipitait avec ce bruit de ressac d'une marée montante contre les roches d'un littoral.

A un certain moment, tandis que tous essayaient de se rendre compte par l'oreille de ce que leurs yeux ne pouvaient voir, le capitaine Hardigan fut amené à dire :

« Est-il donc possible que le Melrir se soit rempli avec les eaux souterraines remontées à sa surface?

— Ce serait bien invraisemblable, répondit M. de Schaller. Mais je crois qu'il est une explication plus admissible.

— Et laquelle?

— C'est que ce soient les eaux du golfe qui l'ont inondé en envahissant depuis Gabès toute cette portion du Djerid.

— Alors, s'écria le brigadier, nous n'aurions plus qu'une ressource : ce serait de nous sauver à la nage ! »

Le jour allait enfin paraître. Mais les quelques clartés qui se dessinaient à l'orient du chott étaient bien pâles, et il semblait qu'un épais rideau de brumes se tendît à l'horizon.

Tous, debout au pied des arbres, le regard fixe dans cette direction, n'attendaient que les premières lueurs de l'aube pour reconnaître la situation. Mais, par une malchance déplorable, ils furent déçus dans leur attente !

XVII

DÉNOUEMENT.

Une sorte de brouillard s'étendait au-dessus et autour de la dune, et si épais que les premiers rayons ne pourraient le dissoudre. On ne se voyait pas à quatre pas, et les branches des arbres étaient noyées dans ces lourdes vapeurs.

« Décidément, le diable s'en mêle ! s'écria le brigadier.

— Je suis porté à le croire ! » répondit M. François.

Cependant il y avait lieu d'espérer que, dans quelques heures, lorsque le soleil prendrait de la force en gagnant vers le zénith, ces brumes finiraient par se fondre, et la vue pourrait s'étendre largement alors sur le Melrir.

Il n'y avait donc qu'à patienter et, bien qu'il fût plus que jamais nécessaire d'économiser les provisions impossibles à renouveler, il fallut en consommer une partie, et, en réalité, il n'en resta que pour deux jours. Quant à la soif, l'eau saumâtre puisée à la base du tell permit de l'apaiser tant bien que mal.

Trois heures s'écoulèrent dans ces conditions. Les rumeurs avaient diminué peu à peu. Une brise assez forte s'élevait, qui faisait cliqueter le branchage des arbres, et, le soleil aidant, il n'était pas douteux que cet épais amas de brumes ne tarderait plus à se dissiper.

Enfin, les volutes commencèrent à s'éclaircir autour du tell. Les arbres montrèrent le squelette de leur ramure, et squelette est le mot juste, car il n'y avait là que des arbres morts, sans

DÉNOUEMENT

un fruit, sans une feuille. Puis, le brouillard fut définitivement enlevé par un coup de vent qui le chassa vers l'ouest.

Et alors le Melrir se découvrit sur une vaste étendue.

Sa surface, par suite de l'abaissement du fond de cette hofra, était en partie inondée, et une ceinture liquide, large d'une cinquantaine de mètres, entourait le tell. Au delà, sur les niveaux plus élevés, reparaissaient les nappes efflorescentes. Puis, dans les bas-fonds, l'eau réverbérait les rayons solaires entre de longues plaines sablonneuses que leur cote maintenait au sec.

Le capitaine Hardigan et l'ingénieur avaient dirigé leurs regards vers tous les points de l'horizon. Puis, M. de Schaller dit :

« Ce n'est pas douteux, il s'est produit quelque phénomène sismique considérable. Les fonds du chott se sont abaissés et les couches liquides du sous-sol l'ont envahi.

— Eh bien, avant que le cheminement soit devenu impraticable partout, répondit le capitaine, il faut partir... et à l'instant ! »

Tous allaient descendre lorsqu'ils furent cloués à leur place par le spectacle terrifiant qui s'offrit à leurs yeux.

A une demi-lieue vers le nord apparaissait une bande d'animaux qui fuyaient à toute vitesse. Venant du nord-est, une centaine de fauves et de ruminants, lions, gazelles, antilopes, mouflons, buffles, se sauvaient vers l'ouest du Melrir. Et il fallait qu'ils fussent réunis dans une commune épouvante qui annihilait la férocité des uns et la timidité des autres, ne songeant, dans cet affolement extraordinaire, qu'à se soustraire au danger que provoquait cette déroute générale des quadrupèdes du Djerid.

« Mais que se passe-t-il donc là-bas ? répétait le brigadier Pistache.

— Oui... Qu'y a-t-il ? » demandait le capitaine Hardigan.

Et l'ingénieur auquel s'adressait cette question la laissait sans réponse.

Et alors un des spahis de s'écrier :

« Est-ce que ces bêtes vont se diriger vers nous ?

— Et comment fuir ? » ajouta l'autre.

En ce moment, la bande n'était pas à un kilomètre et se rapprochait avec la rapidité d'un express. Mais il ne sembla pas que ces animaux, dans leur fuite éperdue, eussent aperçu les six hommes qui s'étaient réfugiés sur le tell. En effet, dans un même mouvement, ils obliquèrent vers la gauche et finirent par disparaître au milieu d'un tourbillon de poussière.

Du reste, sur l'ordre du capitaine Hardigan, ses compagnons s'étaient couchés au pied des arbres afin de n'être point découverts. C'est alors qu'il virent passer au loin des bandes de flamants qui détalaient aussi, tandis que des milliers d'oiseaux fuyaient à grands coups d'aile vers les rives du Melrir.

« Mais qu'y a-t-il donc ?.. » ne cessait de répéter le brigadier Pistache.

Il était quatre heures de l'après-midi et la cause de cet étrange exode ne tarda pas à se révéler.

Du côté de l'est une nappe liquide commençait à s'étendre à la surface du chott et la plaine sablonneuse fut bientôt inondée tout entière, mais seulement sous une mince couche d'eau. Les efflorescences salines avaient peu à peu disparu jusqu'à l'extrême portée du regard et c'était un immense lac qui réverbérait alors les rayons du soleil.

« Est-ce que les eaux du golfe auraient envahi le Melrir ?.. dit le capitaine Hardigan.

— Je ne le mets plus en doute, répondit l'ingénieur. Ces rumeurs souterraines que nous avons entendues provenaient d'un tremblement de terre... Des perturbations considérables se sont produites dans le sol. Il en est résulté un abaissement des fonds du Melrir et peut-être de toute cette partie est du Djerid... La mer, après avoir rompu ce qui restait du seuil de Gabès, l'aura inondé jusqu'au Melrir ! »

CETTE CENTAINE D'HOMMES, REJOINTS PAR LE MASCARET... (Page 227.)

DENOUEMENT

Cette explication devait être exacte. On se trouvait en présence d'un phénomène sismique dont l'importance échappait encore. Et, par l'effet de ces perturbations, il était possible que la mer Saharienne se fût faite d'elle-même et plus vaste que le capitaine Roudaire ne l'avait rêvée.

D'ailleurs, un nouveau tumulte, lointain encore, emplissait l'espace.

Ce n'était plus à travers le sol, c'était à travers les airs qu'il se propageait avec une rumeur croissante.

Et voici que soudain, dans le nord-est, s'élève un nuage de poussière et de ce nuage sort bientôt une troupe de cavaliers, fuyant comme avaient fui les animaux, à toute vitesse.

« Hadjar ! » s'écria le capitaine Hardigan.

Oui ! le chef targui, et, si ses compagnons et lui détalaient bride abattue, c'était pour échapper aux tourbillons d'un monstrueux mascaret qui se dressait derrière eux, en se développant sur toute la largeur du chott.

Deux heures s'étaient écoulées depuis le passage des animaux et le soleil allait disparaître. Au milieu de l'inondation grandissante le tell n'était-il pas le seul refuge qui s'offrît à la bande de Hadjar — un îlot au milieu de cette nouvelle mer.

Assurément, Hadjar, les Touareg, qui n'en étaient qu'à un kilomètre, l'avaient aperçu et ils se dirigeaient vers lui dans un galop échevelé. Parviendraient-ils à l'atteindre avant le mascaret et que deviendraient alors les fugitifs que son bouquet d'arbres abritait depuis la veille ?

Mais la montagne liquide courait plus vite, un véritable raz de marée, une succession de lames écumantes, d'une irrésistible puissance, et d'une telle vitesse que les meilleurs chevaux n'auraient pu la dépasser.

C'est alors que le capitaine et ses compagnons furent témoins de ce terrible spectacle : cette centaine d'hommes, rejoints par le mascaret au milieu d'un flot d'écume. Puis, tout ce pêle-mêle de cavaliers et de chevaux disparut, et, aux dernières lueurs du crépuscule on ne voyait plus que des cadavres entraînés par l'énorme vague vers l'ouest du Melrir.

Ce jour-là, lorsque le soleil acheva sa course diurne, c'était sur un horizon de mer qu'il s'était couché !

Quelle nuit pour les fugitifs ! Si une rencontre avec les fauves d'abord, avec les Touareg ensuite leur avait été évitée, n'avaient-ils pas à craindre que l'inondation ne gagnât le sommet de leur refuge.

Mais il était impossible de le quitter et ce fut avec épouvante qu'ils entendirent l'eau monter peu à peu au milieu de cette profonde obscurité, tout emplie d'un bruit de ressac.

On se figure ce que fut cette nuit, tandis que le roulement des eaux, activé par une forte brise de l'est, ne cessait de se faire entendre. Et l'air s'emplissait des cris de ces innombrables oiseaux de mer qui volaient maintenant à la surface du Melrir !

Le jour reparut. La crue n'avait pas dépassé l'arête du refuge, et il semblait bien qu'elle eût atteint son maximum, en remplissant le chott à pleins bords.

Rien à la surface de cette immense plaine liquide ! La situation des fugitifs paraissait désespérée. De nourriture, ils n'en avaient plus pour finir la journée, et aucun moyen de s'en procurer sur cet aride îlot. Fuir ? Par quel moyen ? Construire un radeau avec ces arbres et s'y embarquer ? Mais comment les abattre ? Et puis, ce radeau, le pourrait-on diriger, et, avec le vent épouvantable qui régnait, ne serait-il pas repoussé au large des rives du Melrir par des courants contre lesquels on ne pourrait lutter ?

« Il sera difficile de s'en tirer, dit le capitaine Hardigan, après avoir porté ses regards sur le chott.

— Eh, mon capitaine, répondit le brigadier Pistache, mais si quelque secours nous arrivait ? On ne sait pas... »

La journée s'écoulait sans que la situation eût changé. Le

DÉNOUEMENT

Melrir était devenu lac, comme le Rharsa, sans doute. Et même jusqu'où l'inondation s'était-elle étendue, si les talus du canal avaient été rompus sur toute sa longueur ?

Nefta et autres bourgades n'avaient-elles pas été détruites soit par le phénomène sismique, soit par le mascaret qui l'avait suivi ? Enfin le désastre ne s'était-il pas étendu à toute cette partie du Djerid jusqu'au golfe de Gabès ?

Cependant le soir approchait et, après le repas de la matinée, le capitaine Hardigan et ses compagnons n'avaient plus rien à manger. Ainsi qu'ils l'avaient constaté en prenant pied sur le tell, aucun fruit ne pendait aux branches, rien que du bois mort. Et pas un oiseau, pas même un de ces habibis dont il passait des bandes au loin, ne venait se poser sur cet îlot, pas un de ces étourneaux dont se fût contenté un estomac torturé par la faim. Et, s'il se rencontrait déjà quelques poissons sous ces eaux nouvelles, en vain le brigadier Pistache chercha-t-il à s'en assurer, et puis la soif, comment l'apaiser, puisque cette nappe liquide avait maintenant la salure de la mer ?

Or, vers sept heures et demie, au moment où les derniers rayons solaires allaient s'éteindre, voici que M. François, qui regardait dans la direction du nord-est, dit, d'une voix dans laquelle d'ailleurs on n'eût pas surpris la moindre émotion :

« Une fumée.

— Une fumée ?, s'écria le brigadier Pistache.

— Une fumée », répéta M. François.

Tous les yeux se portèrent dans la direction indiquée.

Pas d'erreur, c'était bien une fumée que le vent rabattait vers le tell et elle se voyait assez distinctement déjà.

Les fugitifs restaient muets, saisis de la crainte que cette fumée ne vînt à disparaître et que le navire d'où elle s'échappait ne mît le cap au large, s'éloignant du tell !

Ainsi donc, l'explication donnée par l'ingénieur était la vraie ! Ses prévisions venaient de se réaliser !

Pendant la nuit du 26 au 27, les eaux du golfe s'étaient répandues à la surface de cette partie orientale du Djerid. Dès lors, une communication existait entre la Petite-Syrte et le Melrir, et même praticable puisqu'un navire avait pu suivre, sur la ligne du canal sans doute, cette route maritime à travers la région des sebkhas et des chotts.

Vingt-cinq minutes après que ce bâtiment eut été signalé, on voyait sa cheminée se dessiner sur l'horizon, puis sa coque se montra, la coque du premier navire qui sillonnait les eaux du nouveau lac.

« Des signaux ! faisons des signaux ! » s'écria l'un des spahis.

Et comment le capitaine Hardigan aurait-il pu indiquer la présence des fugitifs sur l'étroit sommet de cet îlot ? La butte était-elle même assez élevée pour que l'équipage eût pu l'apercevoir ?. Et ce navire entrevu ne se trouvait-il pas encore à plus de deux grandes lieues dans le nord-est ?

D'ailleurs, la nuit venait de succéder au court crépuscule, et la fumée ne fut bientôt plus visible au milieu de l'obscurité.

Et alors le spahi, qui ne fut plus maître de lui, de s'écrier dans un mouvement de désespoir :

« Nous sommes perdus !

— Sauvés sauvés, au contraire, répondit le capitaine Hardigan. Nos signaux, qu'on n'aurait pu apercevoir pendant qu'il faisait jour, on les apercevra la nuit ! »

Et il ajouta :

« Le feu aux arbres le feu !

— Oui, mon capitaine ! hurla positivement le brigadier Pistache, le feu aux arbres ! et ils flamberont comme des allumettes ! »

A l'instant, le briquet fut battu, des branches, tombées çà et là, s'empilèrent au pied des troncs d'arbres, une flamme se dégagea, qui gagna les branches supérieures, et de vives clartés dissipèrent les ténèbres autour de l'îlot.

DÉNOUEMENT

« S'ils ne voient pas notre feu de joie, s'écria Pistache, c'est qu'ils sont tous aveugles à bord de ce bateau-là ! »

Cependant, cet embrasement du bouquet d'arbres ne dura pas plus d'une heure. Tout ce bois sec s'était rapidement consumé, et, quand les dernières lueurs s'éteignirent, on ne savait si le navire s'était rapproché du tell, car il ne signala même pas sa présence par un coup de canon.

De profondes ténèbres enveloppaient maintenant l'îlot. La nuit s'écoula, et aucun sifflement de vapeur, aucun ronflement d'hélice ou d'aubes battant les eaux du chott ne parvint aux oreilles des fugitifs.

« Il est là, il est là ! », s'écria dès les premières blancheurs du matin, Pistache, tandis que Coupe-à-cœur aboyait de toutes ses forces.

Le brigadier ne se trompait pas.

A deux milles était mouillé un petit bâtiment qui déployait à sa corne le pavillon français. Lorsque les flammes avaient illuminé cet îlot inconnu, le commandant avait modifié sa direction et mis le cap au sud-ouest. Mais, par prudence, l'îlot n'apparaissant plus après l'extinction des flammes, il avait envoyé son ancre par le fond et passé cette nuit au mouillage.

Le capitaine Hardigan et ses compagnons poussèrent des cris auxquels bientôt des voix répondirent, parmi lesquelles ils reconnurent, dans un canot qui s'approchait, celles du lieutenant Villette et du maréchal des logis-chef Nicol.

C'était l'aviso *Benassir* de Tunis, un vapeur de petit tonnage, arrivé depuis six jours à Gabès, et qui, le premier, s'était lancé intrépidement sur la nouvelle mer.

Quelques minutes après, le canot accostait le pied du tell qui avait été le salut des fugitifs et le capitaine Hardigan pressait dans ses bras le lieutenant, le marchef serrait dans les siens le brigadier Pistache, tandis que Coupe-à-cœur sautait au cou de son maître. Quant à M. François, Nicol eut grand'peine à le reconnaître dans cet homme barbu et moustachu, dont le premier soin serait de se raser dès qu'il serait à bord du *Benassir*.

Ce qui s'était passé quarante-huit heures avant, le voici :

Un tremblement de terre venait de modifier toute la région orientale du Djerid entre le golfe et le Melrir. Après la rupture du seuil de Gabès et l'abaissement du sol sur une longueur de plus de deux cents kilomètres, les eaux de la Petite-Syrte s'étaient précipitées à travers le canal qui n'avait pu suffire à les contenir. Aussi avaient-elles envahi le pays des sebkha et des chotts, inondant non seulement le Rharsa sur toute son étendue, mais aussi la vaste dépression du Fejey-Tris. Très heureusement, les bourgades, La Hammâ, Nefta, Tozeur et autres n'avaient point été englouties, grâce à leur situation en terrain élevé et elles pourraient figurer sur la carte comme ports de mer.

En ce qui concerne le Melrir, l'Hinguiz était devenu une grande île centrale. Mais, si Zenfig fut épargnée, du moins le chef Hadjar et sa troupe de pillards, surpris par le mascaret, avaient-ils péri jusqu'au dernier.

En ce qui concerne le lieutenant Villette, c'est en vain qu'il avait tenté de retrouver le capitaine Hardigan et ses compagnons. Les recherches n'avaient point abouti. Après avoir fouillé les environs du Melrir du côté du chantier du kilomètre 347 où les ouvriers de la section n'avaient point reparu, l'expédition de Pointar ayant attendu une escorte envoyée de Biskra, il s'était rendu à Nefta afin d'y organiser une expédition à travers les diverses tribus touareg.

Mais il y avait rejoint les conducteurs et les deux spahis qui avaient dû à un incident fortuit d'échapper au sort de leurs chefs.

Or, il se trouvait dans cette ville lors du tremblement de terre, et il y était encore lorsque le commandant du *Benassir*, parti de Gabès dès que l'inondation l'eut permis, vint y chercher des informations sur le Rharsa et le Melrir.

DÉNOUEMENT. 233

« Prenez plutôt des actions de la Mer Saharienne. » (Page 235.)

Le commandant de l'aviso reçut aussitôt la visite du lieutenant et lui offrit de prendre passage à son bord, avec le maréchal des logis-chef, dès qu'il eut été mis au courant de la situation. Le plus pressé était de partir à la recherche du capitaine Hardigan, de l'ingénieur de Schaller et de leurs compagnons. Aussi le *Benassir*, marchant à toute vapeur, après avoir traversé le Rharsa, se lança-t-il sur les eaux du Melrir, afin de fouiller les oasis de ses rives et celles de la Farfaria que l'inondation n'aurait pas submergées.

Or, la seconde nuit de navigation sur le Melrir, mis en éveil par les flammes, le commandant avait pris direction sur le tell, mais, sur cette mer nouvelle et avec son équipage peu nombreux, il avait renvoyé, au lever du jour, malgré les instances de Villette, toute communication avec l'îlot, et maintenant les fugitifs, sains et saufs, étaient tous à bord.

L'aviso, dès qu'il eut reçu ses nouveaux passagers, reprit la route de Tozeur, où le commandant voulait les déposer et faire parvenir de là, par voie rapide, des renseignements à ses chefs avant de reprendre son voyage de reconnaissance jusqu'aux dernières limites du Melrir.

Ce fut donc quand M. de Schaller et ses compagnons débarquèrent à Tozeur que le capitaine Hardigan retrouva les hommes de son détachement. Et avec quelle joie ils le reçurent, ses compagnons et lui!

Même l'introuvable colonne de Biskra était représentée par une dépêche arrivée par Tunis, et dans laquelle Pointar, obligé de rétrograder avec ses hommes jusqu'à Biskra, demandait de nouvelles instructions.

Ce fut là aussi que Va-d'l'avant, le vieux frère, revit Coupe-à-cœur, et quels témoignages de satisfaction échangèrent ces deux amis, cela ne saurait s'exprimer!

Et tout cela au milieu d'une foule le plus souvent enthousiaste, mais toujours surexcitée par tous les événements qui avaient entouré ce cataclysme, et qui se pressait autour des premiers explorateurs de la mer nouvelle.

Tout à coup, l'ingénieur trouva en face de lui un inconnu qui s'était frayé un chemin en jouant des coudes, qui le salua d'abord très bas et tout aussitôt lui dit avec un fort accent exotique :

« C'est bien à M. de Schaller, parlant à sa personne, que j'ai l'avantage de m'adresser ?

— Il me semble que oui, répondit celui-ci.

— Eh bien alors, Monsieur, j'ai l'avantage de vous signifier qu'aux termes d'une procuration par acte en brevet et dûment authentique, passée par-devant notaire, revêtue de la légalisation de M. le Président du tribunal de première instance du ressort du siège social de la Compagnie Franco-étrangère, visée — pour exequatur à la Résidence générale de France à Tunis — en marge de laquelle se trouve la mention suivante : Enregistré folio 200 verso case 12, reçu 3 fr. 75, décimes compris, signature illisible, je suis le mandataire des liquidateurs de ladite Compagnie avec les pouvoirs les plus étendus, notamment de transiger et au besoin de compromettre — Lesdits pouvoirs bien et dûment homologués — Vous ne serez pas surpris, Monsieur, si, agissant ès-qualités, je vous demande compte, en leur nom, des travaux entrepris par elle et que vous aviez pris l'engagement d'utiliser. »

Dans la joie débordante qui l'envahissait peu à peu, depuis qu'il avait retrouvé ses compagnons et qu'il voyait son œuvre achevée d'une façon tellement fantastique, cet homme si froid, si méthodique, si maître de lui dans les circonstances les plus difficiles, redevint, pour un instant, le boute-en-train renommé d'autrefois, lorsque, dans la cour de Centrale, lui, le major de promotion, apostrophait ses « bizuts » avec la verve endiablée d'un ancien. Et ce fut d'un ton gouailleur que, s'adressant à son interlocuteur, il lui dit :

« Monsieur le mandataire aux pouvoirs très étendus, un conseil d'ami : prenez plutôt des actions de la Mer Saharienne. »

Et pendant qu'au milieu des manifestations et des félicitations il poursuivait sa route, il se mit à chiffrer les devis des nouveaux travaux qui devaient figurer dans le rapport qu'il voulait envoyer le jour même aux administrateurs de la Société.

TABLE

Chapitres.	Pages.
I. — L'oasis de Gabès	1
II. — Hadjar	15
III. — L'évasion	30
IV. — La Mer Saharienne	44
V. — La caravane	57
VI. — De Gabès à Tozeur	71
VII. — Tozeur et Nefta	86
VIII. — Le chott Rharsa	103
IX. — Le second canal	120
X. — Au kilomètre 347	135
XI. — Une excursion de douze heures	146
XII. — Ce qui s'était passé	161
XIII. — L'oasis de Zenfig	175
XIV. — En captivité	188
XV. — En fuite	202
XVI. — Le Tell	212
XVII. — Dénouement	222